世界大奖少年科幻小说

未来事务管理局

# 名师名作科幻主题阅读
## 不存在的时间

未来事务管理局 主编
孙薇 郭凯 武甜静 选编

化学工业出版社

·北京·

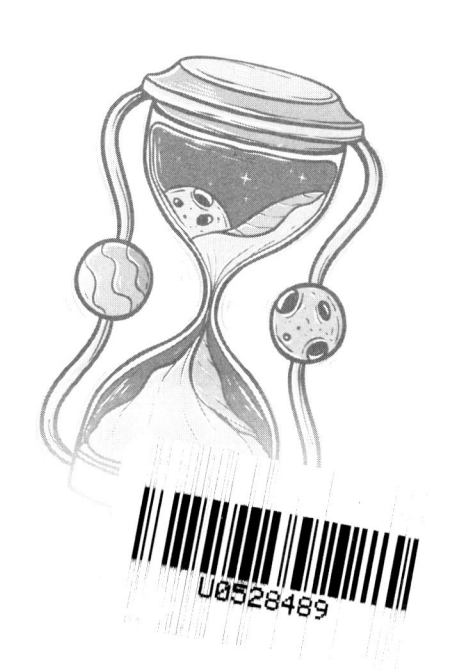

**图书在版编目（CIP）数据**

名师名作科幻主题阅读. 不存在的时间 / 未来事务管理局主编；孙薇，郭凯，武甜静选编. -- 北京：化学工业出版社，2025.6. --（世界大奖少年科幻小说）.
ISBN 978-7-122-47685-2

Ⅰ. I18

中国国家版本馆CIP数据核字第2025NZ2969号

---

责任编辑：汪元元　笪许燕　　　　　特约策划：李兆欣
责任校对：王鹏飞　　　　　　　　　　封面设计：史利平

出版发行：化学工业出版社
　　　　　（北京市东城区青年湖南街13号　邮政编码100011）
印　　装：北京新华印刷有限公司
880mm×1230mm　1/32　印张8¼　字数127千字
2025年6月北京第1版第1次印刷

---

购书咨询：010-64518888　　　　　　售后服务：010-64518899
网　　址：http://www.cip.com.cn
凡购买本书，如有缺损质量问题，本社销售中心负责调换。

---

定　　价：45.00元　　　　　　　　　　版权所有　违者必究

# 参编人员名单

名师大语文部分由以下人员编写：

## 焦玫

清华大学附属小学语文高级教师，儿童阅读推广人，海淀区语文学科带头人，海淀区优秀班主任和创新班主任，海淀区班主任带头人。

## 申旭兵

清华大学附属小学语文高级教师，北京师范大学儿童文学硕士。

# 序

作为清华大学附属小学的一名语文老师、儿童文学阅读推广人，我以大语文视野，聚焦当下少年儿童多学科、跨领域阅读的需求，给学生们开了一门科幻小说的主题阅读课。每当孩子们走进教室，共同打开科幻小说的那个瞬间，我仿佛和他们一起踏上了神域阿斯加德那座绚烂的彩虹桥。

## 科学与魔幻的桥梁

漫威世界中的彩虹桥早已不同于北欧神话中的彩虹桥。它是神奇力量的所在，也是连接不同宇宙与世界的通道。对于这座炫彩而美丽的彩虹桥，雷神说："你们的祖先称为魔法，你们现在称为科学的东西，在我们这里其实是一回事。"从某种意义上来说，这种说法也适用于科幻小说！

科幻小说作家阿瑟·C.克拉克认为，所有奇妙的高科技，均与魔法无异。世界上第一部科幻小说《弗兰肯斯坦》写的就是在实验室里创造生命的故事，这是第一次工业革命之初对科技发展的思考。H.G.威尔斯的《时间机器》通过科技手段，让人们如同神仙一般可以在时间中穿梭，因为早有物理学家认为世界是由无数个平行宇宙构成的。当孩子们对哈利·波特的魔幻世界万分着迷的时候，不妨带领他们读一读科幻小说，相信他们会看到科学的世界一如魔法，同样华丽神奇，甚至更加时尚炫酷！

**一方书桌与浩瀚宇宙的桥梁**

每日的校园生活既充满乐趣，同时也是两点一线的重复。在这样的生活中，我们每个人不仅需要"脚踏实地"，还需要"仰望星空"。

守一方书桌，打开一本科幻小说，浩瀚宇宙在眼前缓缓展开……沉浸在故事中的孩子们，也许正跟着凡尔纳的"哥伦比亚大炮"起飞，经历了人类第一次探月；也许在威尔斯的《星球大战》中遇到了形形色色的外星人；或者已经到了阿西莫夫的《基地》，在时间与空间的尽头寻找新的出路……在科幻小说中你能抵达无尽的远方，也可以如蚁人一样走进原子的世界；你可以返回地球初生的时光，也可以在太阳系崩塌的时候去为人类寻找新的家园。打开科幻小说就是打开了一扇扇新世界的大门。

## 昂扬向前与反省忧思的桥梁

沉浸于科幻小说的世界，并不是对现实学习和生活的逃离。近年来，科幻小说，尤其是中短篇科幻小说也走进了中高考的视野，频频成为课内外语文阅读甚至是考试的资源。课外阅读推荐书目里，无论是凡尔纳的《海底两万里》，还是刘慈欣的《三体》三部曲、张之路的《非法智慧》，在阅读中都会给学生带来深远的思考，帮助他们形成正确的价值观，并对未来有自己的思考与认知。比如，凡尔纳的科幻小说中充满对新世界的向往，对科技发展的乐观，以及冒险与探索精神。凡尔纳曾乐观地说："凡是能想象到的事物，就一定有人能将它实现。"引领孩子们阅读科幻小说，鼓励孩子们相信科学，积极探索，这样他们才能更好地把握未来。

科幻小说也促进少年求异思维的发展。科学的发展是没有边界的吗？一切是顺应人性，还是让位于先进的科学？《世界大战》展现了外星生物带来的危机；《记忆传授人》中的人类完全按部就班，科学分工，用药物抑制情感；《北京折叠》中描述的未来真的会来吗……一部部精彩纷呈的科幻作品，不仅仅为我们呈现出一个个绚丽多姿的视觉世界，更启发我们沉心静气，深入思考。

## 精准与浪漫的桥梁

我教过很多学生，有一类学生非常喜欢阅读科普作品、百科全书，他们不喜欢童话，不喜欢文学作品，认为那是假的。还有一类学生酷爱文学，从故事起步，沉醉于虚构的世界，完全不喜欢纯粹传授科学知识的书籍。课余，经常有学生会拿着一本科幻小说来问我，科幻小说里的内容是科学更重要，还是故事更重要？这时，我就会引用刘慈欣的一段话来回答。刘慈欣说："科学技术本身有着深厚的美学内涵，科幻小说则是努力用文学语言来表现这种美。"确实，即使是在那些被称为硬科幻的作品中，读者依旧可以感受到文学创造的神奇世界。当然也确实有孩子因为从小爱读科幻小说，而迷上了物理、天文、数学、化学、生物、计算机等学科，从而水到渠成地对他们的课内学业大有裨益，有些孩子甚至因此长大后走上了科学研究的道路，或是成为各行各业的专家学者。

科学是精准的，文学是浪漫的，科幻小说恰好成为二者的桥梁。科学技术不断发展，让我们所在的世界有了无限的可能；科幻小说里面充满人们对科学飞速前进的渴望，小说家们则用浪漫的想象为科学探索插上了翅膀。

"名师名作科幻主题阅读"系列选集的编选理念，正好与我们语文教学研究中提倡的大语文思维非常契合。首先，这套小说的内容品质是有保障的。入选作品是获得过雨果奖、星云奖、银河奖、引力奖、轨迹奖、阿西莫夫奖等世界科幻小说知名奖项的精品，入选作家也都是世界科幻小说黄金时代的代表作家。其次，小说涉及的科学门类丰富，科学领域众多——语文、物理、化学、地理、历史、生物、计算机等学科知识背景融入其中；文学、历史、哲学、艺术、社会、科学、博物等领域均能覆盖。

对每一篇选文，我都从语文阅读理解和写作的角度进行详细的分析和解读，将之归纳为"名师大语文"版块，分名师导读、科学背景、思维拓展三个小栏目。其中，科学背景部分邀请了我校优秀青年科学教师张懿老师进行审读，之后又请中科院的两位科学家进行把关，以确保拓展内容的严谨性。

希冀这套书能引领孩子们顺利进入科幻小说的世界，踏上"彩虹"桥。科学与幻想的双翼将帮助他们进入时空的舞台，去欣赏、去感悟、去积极探索！

清华大学附属小学 焦玫

# 目 录

○

## 2889年的一天 /001

〔法〕儒勒·凡尔纳/著
何锐/译

## 狄拉克海的涟漪 /029

〔美〕杰弗里·A.兰迪斯/著
罗妍莉/译

## 疫病 /058

〔美〕刘宇昆/著
夏茄/译

## 26只猴子或无底深渊 /067

〔美〕凯伊·约翰逊/著
繁星/译

**九万马力** /091

〔澳〕肖恩・克里斯托弗・麦克马伦/著
仇春卉/译

**信使** /150

刘慈欣/著

**祖母家的夏天** /164

郝景芳/著

**缺陷** /190

何夕/著

**嗣声猿** /229

梁清散/著

# 2889 年的一天

[法] 儒勒·凡尔纳 / 著
何锐 / 译

29世纪的人其实一直生活在梦幻之中,虽然他们似乎很少这么想。对于奇迹他们已然司空见惯,再出现任何新的奇观,他们也都无动于衷。对他们来说,一切都是自然而然的事情。不过,要是他们能将当下和过去做个对比,那他们对人类如今取得的进步必将有更好的理解吧!那样的话,当他们再看现如今那些人口超过千万的城镇,宽达90米的街道,四季恒温、高达300米的房屋,纵横交错、四通八达的空中交通线,必定会觉得更加美妙了吧!然后,再去脑补一下过去的景象——靠着马匹牵引、架在轮子上的车厢在泥泞的街道上隆隆而过。马车是唯一的交通工具。再想想旧日的铁路，你就会更加欣赏今日的气动管道了，人们在其中能以1600千米每小时的速度旅行。假如29世纪的人们不曾忘记电报这回事，他们就会对电话和传真有着更高的评价。

不可思议的是，所有这些变化基于的法则，古人早已知道，只是他们对此熟视无睹。热能，和人类的历史一样古老；电力，3000年前就为人所知；蒸汽，1100年前[①]就存在。不仅如此，早在1000年前，人们就知道，化学能和机械能之间的差别仅仅在于以太[②]粒子的振动模式不同。当人们最终发现所有能量之间的亲缘关系后，居然还要再过500年，人们才能解析和描绘构成这些差异的振动模式，这委实让人震惊。最不可思议的是，直接用一种能量来制造出其他能量，或者无须其他能量就能复制出某种能量的方法，居然始终不为人知，直到不足100年前。然

---

① 1789年前后，蒸汽机用于纺织业。
② 古希腊哲学家亚里士多德设想的一种物质。17世纪的物理学家认为它是光传播的媒质，但后来的实验和理论都不能证实以太存在。
（本文注释，如无特别说明，均为译者注——编者）

而，事实就是如此，因为直到公元2792年，著名的奥斯瓦尔德·尼尔才有了这个伟大发现。

他确实是全人类的大恩人啊。他的发现催生了许多其他发现，由此涌现出了一大批杰出的发明家，其中最耀眼的明星就是伟大的约瑟夫·杰克逊。正是因为杰克逊，我们才有了那些神奇的装置——新型蓄能器。它们当中，有些会吸收并凝聚太阳光线中蕴含的自由能；有些会吸收并凝聚储存在我们星球中的电能；有些可以利用来自任何源头的能量，比如瀑布、溪流、风，等等。

他还发明了换能器。这一发明就更加奇妙了，它能从蓄能器中提取自由能，只要在按钮上轻轻一按，就可以把能量以任何想要的形式返还到外部空间，无论是热能、光能、电能或者机械能，都没问题。

这两件装置的发明，标志着一个真正进步的时代就此开始。它们向人类提供了几乎无穷无尽的能源。要说它们的应用，那真是数不胜数。通过把夏季储存的多余热量返还到大气中，冬日的严寒得以缓解，由此带来了农业革命。通过为空中航运提供动力，它们极大地促进了商业发展。全靠它们，我们才得以源源不绝地产生电能，却无需电池或者发电机；制造光明，却无须借助燃烧；工业所需的全部机械能也找到了可靠的供应来源。

所有这些奇迹都是蓄能器和换能器创造的。最近它们又创造了新的奇迹，那就是253号大街上气势磅礴的环球纪事报大厦，前不久刚刚投入使用。如果曼哈顿纪事报的创办人乔治·华盛顿·史密斯在今日复生，得知这栋黄金与大理石建造的殿堂属于他隔了三十代的子孙弗里茨·拿破仑·史密斯，不知会有什么感想？

乔治·华盛顿·史密斯的报社代代相传，有时被家族之外的人买去，但很快又被他们重新买回。200年前，当美国的政治中心从华盛顿搬到中央城时，报社也随政府迁来此地，并更名为《环球纪事报》。不幸的是，它未能保持与这个了不起的名字相称的高水准。那些更为现代化的竞争对手的刊物四面围攻，让它长年濒于破产。20年前，它的订户列表中只剩下几十万个姓名，弗里茨·拿破仑·史密斯先生只花了点小钱就买下了它，并且开创了电话报业务。

如今人人都对弗里茨·拿破仑·史密斯这套系统相当熟悉，这得益于过去100年中电话技术的巨大发展。《环球纪事报》不用纸张印刷，而是每天早上播报给订户们听——订户直接和记者、政治家或是科学家们进行兴味盎然的交谈，从而得知每日的新闻。不仅如此，每个订户还拥有一部留声机，一旦他碰巧没有及时收听，就可以靠着这个设备把新闻收藏起来，等到有空时再听。至于那些偶尔买份报纸的人，他们只需付出微不足道的一点钱，就能得知报社当天提供的所有消息，有无数留声机设立在世界各地，任凭他们挑选收听。

弗里茨·拿破仑·史密斯在技术上的革新激发了这份老报的活力。短短几年当中，订户的数量就增长到了8500万，而史密斯的财富也随之增多，已经达到一个几乎无法想象的数字：100亿美元。巨额的财富增长，让他有实力建造起他的新帝国。

这是一栋巍峨的大厦，四面均宽达1000米，联盟的百星旗在楼顶上傲然飘扬。他成了报业领域的国王。说真的，如果美国人能接受国王统治的话，那他早就成为全体美国人的国王了。你不信？好吧，那就请看：来自各国的大使们和我国的高官们挤在他面前，恳求他的建议，乞求他的赞许，哀求他那无所不能的宣传机构伸出援手。再看看他赞助的科学家和艺术家，还有他雇佣的发明家，简直数不胜数。

没错，他确实是位无冕之王。不过，这位王者的负担太沉重了。他成天连轴转，从来没有节假日。这要是放在过去，毫无疑问，他早就被压垮了。幸运的是，拜保健学的发展所赐，现在人类的平均寿命从37岁上升到了52岁①，身体也比之前更为强健。虽然营养气体尚未发现，但如今人们摄入的食物是按照科学原则合成和准备的；他们吸入的空气中，那些对人体有害的微生物已经被清除。所以他们比前人活得更久，而且不会得旧时代普遍存在的、数之不尽的各种疾病。

即便如此，弗里茨·拿破仑·史密斯的生活方式仍然令人震惊。他那副铁身板的承受能力已到了极限。他的工作强度简直无法估量，随便举个例子就能证明这一点。所以，让我们花上一天的时间跟随他，参加那些花样繁多的各项活动吧。哪天？具体哪天没多大关系，反正每天都一样。那就随机挑一天好了：2889年（也就是今年）的9月25日。

这天早上，弗里茨·拿破仑·史密斯先生醒来时心情十分糟糕。他太太八天前就去了法国，这让他郁郁寡欢。听起来似乎难以置信，不过自从他们十年前结婚以

---

① 此处法文版为58岁。

来，伊迪丝·史密斯太太这位绝色佳人还是头一次离家这么久——她频繁造访欧洲，通常每次只待个两三天就够了。史密斯先生做的第一件事就是接通他的有声传真机，线路那头连着他在巴黎的豪宅。

传真机！这是在我们这一时代科学取得的又一伟大胜利。传送话语已经是老生常谈了，但通过用线缆连接在一起的光敏镜面传送图像是最近才出现的。这确实是项可贵的发明，史密斯先生今早也不吝赞美它的发明者——靠着它的帮助，他才能把自己的太太看得一清二楚，哪怕他们之间相隔万里。

尽管此时的巴黎已经快到中午了，史密斯太太仍然躺在床上，酣然沉睡。是不是昨晚去剧院或者舞会让她太疲倦了？她那可爱的脑袋枕在罩着蕾丝枕套的枕头上，她在翻身？她的嘴唇动了。她大概在做梦吧？对，在做梦。她在说话，说出了一个名字——他的名字，弗里茨！这美妙的景象让史密斯先生的心情峰回路转。然后，他愉快地从床上一跃而起，走进了机械穿衣装置。

两分钟后，机器已经将打扮整齐的史密斯先生送到了办公室门口。新闻工作的巡视这就开始了。首先，他走进小说作者大厅，这是个巨大的套间，上方罩着个硕大的透明穹顶。在一个角落里有部电话，100名《环球纪事报》的文学家们每天通过电话，轮流向公众讲述100部连载小说。有些作者正在排队等候轮到自己播报的时刻，他朝其中之一开口道："棒极了！顶呱呱！我亲爱的伙计，"他说道，"你最新的一段故事，那位乡村少女跟她的恋人探讨有趣的哲学问题的场景，显示出你十分精准的洞察力。你对乡土风情的描绘堪称前无古人。保持下去，我亲爱的阿基巴德①，保持下去！多亏了你，从昨天开始，我们增加了5000名订户。"

"约翰·拉斯特②先生，"他又冲着一个新来的作者开了腔，"我对你的作品可不怎么满意。你的故事缺乏真实可信的要素，没有对生活进行很好的描绘。为什么？完全是因为你的故事直奔结局，不做任何分析。你的主角们出于各式各样的动机，去做各种各样的事，你给他们分派动机和行为的时候，压根就没考虑过要对他们的精神状态和道德品性进行剖析。你一定要记住，我们的感情比什么都要

---

① 来自德语的名字，意为"大胆的天才"，接下来男主角公司几名雇员的名字似乎都若有所指。
② 原文为last，"最后一名"的意思，很可能是作者的一个双关文字游戏。

复杂得多。在现实生活中，每个行为都是上百个生灭来去的念头形成的结果，要创造出一个生动的角色，你就必须逐一对这些念头进行研究。'但是，'你可能会说，'要写出那些转瞬即逝的念头，就必须了解它们，必须能追踪它们反复无常的轨迹。'哎，你也该知道，任何小孩子都能做到这一点。你只需要借助催眠，电子或者人工催眠都行，它会赋予你双重的存在，释放出见证者人格，这样一来，这种人格便能看到、理解、记住决定角色行为的那些原因。在你的日常生活中也要研究你自己，我亲爱的拉斯特。效法一下我刚刚表扬的那位同事吧。接受催眠。什么？你已经试过了？那就是你还做得不够！"

史密斯先生继续巡视，进入了记者大厅。1500名记者各就各位，面对着同样数量的电话机，正向订户播送在夜间搜集到的全球新闻。这项无与伦比的服务，时常为人称道。在每个记者的电话机旁都放着一套交换机组，让他可以连上任何一条远程图像传送线路。如此一来，订户们不仅能听到新闻，还能看到图像。描绘过去的某次事件时，主要特写照片也会随着声音一同发过去，而且不会出现图文不符的情况。和小说一样，记者们报道的新闻也会由一个巧妙的系统进行自动分类，然后按照合适的顺序发给听众。不仅如此，听众们还可以自由选择那些特别关注的内容来听，也可以随自己的喜好关注或无视某位编辑。

史密斯先生的下一个目的地是天文学部门，这个部门还处于草创阶段，却即将在新闻业内扮演重要角色。

"嗯，喀什①，有什么新闻？"

"我们收到了来自水星、金星和火星的传真电报。"

"火星的消息有趣吗？"

"是的，相当有意思。中央帝国发生了一场革命。"

"木星呢？"史密斯先生问道。

"目前还没有消息。我们还无法完全理解它们的信号，要么就是我们的信号并未发送到木星上。"

"这可不妙。"史密斯先生大叫着匆匆离去，心情有些不快地朝着科学编辑厅走去。30位科学家正埋首在电子计算机前，全神贯注地进行超越数②计算。史密斯先生的到来犹如在他们中间投下了一颗炸弹。

"啊，先生们，我听说了什么？木星没有回音？一直这

---

① 原文为cash，意为"现金"。
② 指不满足任何整系数代数方程的数。圆周率和自然对数都是超越数，它们在小数点后有无穷多位数字，数字的出现规律也难以捉摸。

样？喂，库利①，你在这个问题上已经花了20年工夫了，可还是……"

"确实如此，"库利回答道，"尽管我们已经拥有2.8千米口径的望远镜，但是我们的光学技术仍然还有很多缺陷。"

"听到了吧，皮尔②，"史密斯先生打断了库利，转向第二位科学家，"光学技术缺陷！光学技术是你的专长。不过，"他再度朝库利发话，"木星不行，那我们有没有从月球上获得什么成果呢？"

"那里的情况也差不多。"

"这回你可不能怪光学技术了吧。我们跟火星的通信渠道都已经完全建好了，而月球离我们比火星要近不知多少倍，我猜，这次你又会拿望远镜做借口了。"

"望远镜？噢，不是，这里的麻烦在居民身上。"

"正是如此。"皮尔附和道。

"那么，也就是说，月球上肯定无人居住？"史密斯先生问道。

"至少，"库利答道，"在朝着我们的这一面上没有。至

---

① 意为"干枯的河床"。
② 意为"窥探"。

于背面，谁知道呢？"

"啊，背面！那你觉得，"史密斯先生若有所思地说，"能不能够……"

"能够什么？"

"哎呀，把月亮给翻个面嘛。"

"啊，这可是个好点子！"那两人立刻喊道。真的，他们的神态如此自信，似乎毫不怀疑这件事可能获得成功。

"还有，"史密斯先生沉默片刻，又问道，"你们今天没什么有趣的新闻吗？"

"有的，"库利回答，"奥林匹斯星的基本特征获得了最终确认。这颗巨大的行星位于海王星之外，在引力作用下运行，到太阳的平均距离为18,347,808,499千米，绕它那漫长的轨道一周需要1311年294天12小时43分零9秒[①]。"

"你干吗不早点告诉我这件事？"史密斯先生喊道，"马上向记者们通报。你知道，公众对于这些天文问题的好奇心有多旺盛。这条新闻必须放进今天的头条。"

然后，那两人还在点头哈腰，史密斯先生已经走进了下一厅，那是道超长的走廊，足有1000米长，专门用

---

① 这个轨道半径和公转周期基本符合开普勒第三定律。

于投放大气层广告。这些广告会反射到云层上，尺寸之大，足以让全城甚至举国上下的人都能看见。这也是弗里茨·拿破仑·史密斯先生的主意，在《环球纪事报》大厦里，有上千部投影仪用于在云层上播放这些硕大无朋的广告。

今天，史密斯先生进入天空广告部时，他发现操作员们都抱着胳膊，坐在静止不动的投影仪前，于是询问他们为何无所事事。被问到的那人只是朝天上指了指，作为回答。天空一片碧蓝。

史密斯先生嘟囔道："万里无云！这可太糟了，但是该怎么办呢？我们要不要造场雨？这我们也许能办到，但那有什么用呢？我们需要的是云，而不是雨。"他对首席工程师说道，"去萨缪尔·马克先生那边看看，他在科学部门的气象学分部。替我告诉他，看在我的分上，认真工作，去研究人造云朵的问题。我们决不能永远这样任由无云的天气摆布！"

史密斯先生在报社几个部门的日常行程到此结束。接下来，他穿过广告厅，走进了接待室。在这里，美国政府承认的各国大使正等候着他，渴望着从这位无所不能的主编口中获得一句忠告或者建议。当他走进接待室的时候，一场讨论正在进行……

12点的钟声敲响，是吃第一顿饭的时候了。史密斯先生回到自己的房间里。早上放床的地方，现在有一张偌大的桌子从地板下冒了出来。史密斯先生是一位讲求实效的人，所以他将生活这件麻烦事简化到了极致。对他来说，一个装备有巧妙的机械装置的房间就够了，无需昔日那样的房间多得数不清的豪宅。他睡觉吃饭都在这里，总而言之，他生活于此。

他坐下来。有声传真机的镜面上，显示的还是早上那间巴黎寓所。与这边一样，那边也有一张准备妥当的桌子。尽管有着数小时的时差，史密斯先生和他的夫人已经安排好了同时用餐。这样跟一个远隔4800千米左右的人面对面地一起吃饭才有意思。只是现在史密斯太太的房间没人。

"她迟到了！女人的时间观念啊！进步无处不在，唯独这件事例外！"史密斯先生嘟囔着拧开了第一道菜的龙头。和当今的所有富豪们一样，史密斯先生家中撤销了厨房。他是"美味供餐公司"的订户，该公司通过一个巨大的管道网把各式各样的菜肴送到订户们的居所，花样繁多，全都是做好了的。确实，订餐要花不少钱，但烹饪水平是顶级的。这套系统有个好处，可以免去跟蓝带厨师①竞争的烦恼。史密斯先生独自收菜、独自用餐，吃完了正餐中的头盘、前菜、面包和豆子。甜点快要吃完的时候，史密斯太太才出现在有声传真机的镜面上。

"怎么了，你去哪儿了？"史密斯先生通过话筒问道。

"什么！你都吃到甜点了！那我迟到了。"她的惊呼带着一种惹人怜爱的纯真，"你问我去哪儿了？哎，去我裁缝那儿了。这一季的帽子好可爱！我猜我忘了看时间，所以来迟了点儿。"

"是啊，就一点儿，"史密斯先生咆哮道，"真是才一点儿，我差不多都吃完了。我现在要离开你了，请原谅，但我必须走了。"

"噢，没问题，亲爱的，晚上再见。"

史密斯的空中飞车已经在一扇窗户外等着他了，他迈步走进车里。"您想去哪儿，先生？"司机问道。

"我想想，我有三个小时。"史密斯先生沉思了一下，"杰克，带我到尼亚加拉，上我的蓄能器工厂那里去。"

---

① 法国蓝带协会承认的法餐厨师，被认为代表着法式西餐的高水准，至今仍然如此。

史密斯先生租下了尼亚加拉大瀑布的使用权。很久以来，瀑布产生的能量都白白浪费了。如今，史密斯利用杰克逊的发明，将这份能量收集起来，然后出租或者出售。他造访工厂花费的时间比预料的要久。等他回家的时候已经四点了，刚好赶上他答应来访者们每日接见的时间。

像史密斯这种地位的人，肯定会被各式各样的请求烦扰，这点想必不难明白。这会儿来个需要投资的发明家；那会儿又来个空想家，前来推销一个自以为会产生数百万收益的天才计划。他必须在这些项目之中做出选择，拒绝无益的、考察可疑的、接受确有价值的。这项工作每天都要花上史密斯先生整整两个钟头。

今天的访客比往常要少，才12个。他们当中，有八个人提出了一些不切实际的计划。实际上，其中一个想要振兴绘画——这门艺术由于彩色照相术的发展而陷入了衰亡。另一个是医师，吹嘘自己发现了鼻炎的治愈方法！这些不切实际的家伙被迅速打发走了。在四个被顺利接受的项目中，头一个是位年轻人提出的，他那宽阔的前额显示出他的智力非同凡响。

"先生，我是一名化学家，"他开口说道，"我前来找您也是为了化学。"

"哦！"

"大家曾经认为，"这位年轻化学家说道，"基本的物质的数量有62种[①]；100年前，这个数字减少到了十种；现在，正如您所知，只有三种仍然无法进一步分解。"

"没错，是的。"

"接下来，先生，我将会证明这三种也是复合体。几个月，甚至几个星期内，我将会成功地解决这个问题。实际上，也许只需要几天。"

"然后呢？"

"然后，我就确切地判明了绝对真理[②]。我只需要足够的金钱，以便开展研究、取得成功。"

"很好，"史密斯先生说道，"那你的发现会带来什么实用结果呢？"

"实用结果？啊，我们应该可以轻松地制造任何形式的物质：石头、木头、金属、纤维……"

"以及血肉？"史密斯先生插口询问道，"下一步，你是不是能造出一个不折不扣的人来？"

---

[①] 1862年法国科学家尚古多的《螺旋图》中的元素数量。在法文版中，这个数字被改成了当时已知的元素数量75。
[②] 这属于中世纪炼金术思想。

"为什么不能呢？"

史密斯先生预付了十万美元给这个年轻的化学家，聘用他为《环球纪事报》的实验室工作。

四名成功的申请者中，第二位从一个远在19世纪就开始，之后被一再重复的尝试说起，他构想出了一个办法，可以把整座城市一口气从一个地方搬到另一个地方。这个不同寻常的项目要搬迁的是格兰顿城①——众所周知，这座城市距离海岸约有24千米。他提出用轨道运输把这座城市搬到一个临水的位置。其收益无疑会相当巨大。史密斯先生被这个计划所吸引，买下了一半的股权。

"如您所知，先生，"三号申请者开口说道，"靠着太阳能和地球能蓄能器及转换器，我们得以让四季如一。我建议进一步加以改进：把多余能量转换为热量，再把这些热量送到两极。极地区域没了冰雪覆盖之后，将会成为一大片能为人类所用的土地。您觉得这个计划如何？"

"把你的计划书留给我，一周后再过来。我会在这段时间内让人审查一下。"

最后，第四位来客宣布，一个重量级的科学问题得到

---

① 美国加州小城，面积约四平方千米，历史上以盛产苹果闻名。

了初步解决。每个人都应该记得100年前纳撒尼尔·费思伯恩①大夫做的那个大胆实验。这位医生坚信人体冬眠技术——换句话说，他相信我们可以将我们的生命机能暂时中止，过一段时间后再度唤醒——于是他决心将这一理论付诸实践检验。为此，他首先立下了遗嘱，并指明唤醒他的正确方式。然后还指明他的沉睡要持续100年整，从他表面上死去那天算起。接着他就毫不迟疑地亲自求证这一理论。处于木乃伊状态下的费思伯恩大夫被放进棺材，埋入坟墓。时光流逝，公元2889年9月25日正是他预定复活的这一天，此人建议史密斯先生，今晚就让这实验的第二部分在他的住所中进行。

"十点过来。"史密斯先生简短回答道。今天的接见也就此结束。

他独自一人，感觉疲惫，躺倒在一张长椅上。然后，他碰了碰一个按钮，就连上了中央音乐厅，在那里，我们最伟大的音乐家们在给订户播放一系列令人心旷神怡的曲调，其旋律都由深奥的代数定律决定。夜晚临近，史密斯沉醉在和谐的音乐中，忘却了时间，没注意到天色正在变

---

① 意为"神所赐予·信仰燃烧"。

暗。天黑了，他被开门的声音惊醒。

"谁在那儿？"他边问边碰了下换向开关。空气振动起来，突然间就发亮了。

"啊！是你吗，大夫？"

"是的，"那边答道，"你还好吗？"

"我感觉挺不错的。"

"很好！让我看看你的舌头，没问题！你的脉搏，规律！胃口呢？"

"只能说还过得去。"

"嗯，胃部有些磨损。你工作太过劳累了。如果你的胃无法治好的话，就只能手术修补了。那需要仔细研究一下。我们必须考虑这个问题了。"

"同时，"史密斯先生说，"你可以先与我共进晚餐。"

跟上午一样，桌子从地板中升起，食物管道送来了浓汤、面包、炖肉，还有豆子。这顿饭快要吃完的时候，与巴黎那边的有声传真接通了。史密斯看到了他的妻子，正独坐在餐桌前，闷闷不乐。

"亲爱的，请原谅我撇下你一个人，"他通过话筒说道，"我跟威尔金斯大夫在一起。"

"啊，那位好大夫！"史密斯太太说道。她的表情愉快了些。

"是的。不过,算我求你了,你什么时候回家?"

"今晚。"

"很好。乘坐管道还是空中列车?"

"哦,管道。"

"好的,还有,你几点到呢?"

"我想大概是11点吧。"

"你是指中心城时间11点?"

"是的。"

"那么,再见,先暂别片刻吧。"史密斯先生说完就切断了跟巴黎的通信。

晚餐后,威尔金斯大夫想离开。

"我希望你十点能来,"史密斯先生说道,"今天是那位著名的费思伯恩大夫要复活的日子。我猜你没想到这事吧。唤醒仪式就在我家举行,你一定要来看看。"

"我会回来的。"威尔金斯大夫答道。

史密斯先生又只剩一个人了,他开始忙着检查账目——这是一项极其重要的工作,每天他必须处理的交易金额高达80万美元。当真幸运,当今时代,机械技术惊人的发展使这一工作变得相对容易。拜皮阿诺的电子计算机器所赐，最复杂的计算也能在几秒钟内完成。两小时后，史密斯先生完成了他的工作，时间刚刚好。他才翻过最后一页账本，威尔金斯大夫就来了。他身后跟进来一大群科学工作者，簇拥着费思伯恩大夫的尸体。他们立刻着手工作起来。棺材放在房间正中，传真机准备就绪。全世界都得知了此事，正在焦急期盼，因为想目睹现场，在此期间，一位记者会全程通过电话进行口头解说，就像是古代戏剧中解释剧情的合唱队[①]一样。

"他们正在开棺，"他解说道，"现在，他们正把费思伯恩从棺材里抬出来。这是一具不折不扣的木乃伊，呈黄色，坚硬而干燥。敲一敲，这尸体像一大块木头似的梆梆响。加热，通电……没效果。实验暂停一会儿，威尔金斯大夫给这具尸体做了下检查。这人死了。"

"死了！"所有人都惊叫道。

"是的，"威尔金斯大夫答道，"死了！"

"那他死了多久了呢？"

威尔金斯大夫再度做出解释："一百年了。"

事情的发展正如记者所说。费思伯恩死了，彻底死

---

① 古希腊戏剧设置。

透了!

"这种方法还需要改进。"史密斯先生对威尔金斯大夫说。与此同时,冬眠科学委员会的人把棺材抬了出去。"这个实验到此为止了。但尽管可怜的费思伯恩死了,至少他睡了个好觉,"他继续说道,"我希望我也能睡个好觉。我累坏了,大夫,真是累坏了!你不觉得洗个澡会让我恢复元气吗?"

"当然会。不过你去走廊之前,必须把自己裹好,绝不能着凉了。"

"走廊?哎呀,大夫,你清楚得很吧,这里什么都是由机械来完成的。我不用去浴室,浴室会过来的。请看!"于是他按下一个按钮。几秒钟后,隐隐传来一阵轻微的辘辘声,越来越响,房门骤然敞开,浴缸出现在门外。

这就是公元第2889年,《环球纪事报》主编一天的生活。每一年的365天都是如此,唯有闰年例外,因为闰年有366天。

---

关于本文的版本:

本文和早先国内刊载过的一篇凡尔纳短篇有相似之处,但也有很多不同。这种差异并非由于译者失误,而是因为原文存在两个不同版本:英文版《公元2889年》和法文版《一个新闻业巨头在2890年的一天》。两个版本中的人名、地名等许多文字和叙述都有差别，特别是结尾处大不相同——英文版的结尾是作者顾忌美国读者的反应有意为之的。法文版小说已有中文译本《2889年一个美国新闻界巨子的一天》，译者在翻译时，将故事发生的年份又改回了2889年。现代有研究者认为，本文的许多理念应该来自儒勒·凡尔纳，但主要执笔者是他的儿子米歇尔·凡尔纳，法文版刊发前负责修订的则主要是儒勒·凡尔纳。

儒勒·凡尔纳，19世纪法国小说家、剧作家及诗人。凡尔纳一生创作了大量优秀的文学作品，以《在已知和未知的世界中的奇异旅行》为总名，代表作为《格兰特船长的儿女》《海底两万里》《神秘岛》《气球上的五星期》《地心游记》等。他的作品对科幻文学流派有着重要的影响，与赫伯特·乔治·威尔斯一道，被称作"科幻小说之父"。

凡尔纳是世界上被翻译的作品第二多的名家，仅次于阿加莎·克里斯蒂，位于莎士比亚之上。在法国，2005年被定为"凡尔纳年"，以纪念他百年诞辰。

## 名师大语文

### 名师导读

28世纪末的科学家发明了新型蓄能器和换能器,它们向人类提供了几乎无穷无尽的能源,它们的应用数不胜数。科技的发展日新月异,人们仿佛登上了一辆高速行驶的列车,沿途的高科技风景让人应接不暇,眼花缭乱,直至习以为常。一百多年前,凡尔纳在他的科幻小说里作出种种了不起的预见:视频通话、互联网传媒、四季恒温的房屋、气动管道运输、自动送餐公司……他把那些在当时人们看起来近乎神迹的科学发明的产生时间设定在1000年以后。然而,仅仅一百多年以后,他的预见就一一成为现实。

### 超级高铁

2020年11月8日,维珍公司的超级高铁完成首次载人测试。此前几年，该公司已经进行了千百次无人测试。理论上，乘坐这趟高铁，从北京到上海只需要一个小时，也就是时速达到了1200千米每小时以上。那么，这么厉害的超级高铁用了哪些了不起的高科技呢？

超级高铁是一种以"真空钢管运输"为理论核心设计的交通工具，具有超高速、高安全、低能耗、噪声小、污染小等特点。超级高铁的外形形似胶囊，因此也被称为"胶囊高铁"。超级高铁有可能成为继汽车、轮船、火车和飞机之后的新一代交通运输工具。

超级高铁的大胆设想，是2012年左右科技狂人马斯克提出的。在他的设想中，超级高铁可以应对各种复杂天气，速度则能超过飞机。超级高铁的动力供应采用的是磁悬浮技术。因为列车在行驶过程中大部分的阻力来自空气摩擦，所以马斯克除了设想在车厢尾部装上涡轮机来提供推动力，还让设计师模拟出飞机在天上飞的高空环境，高铁在其中运行的话，阻力因此就会小很多，从而只用很小的推动力就可以实现长时间的高速行驶。

与超级高铁相关的超高速真空管道高温超导磁悬浮交通技术，涉及交通运输、土木、机械、电气、材料、通信与信息、控制、力学等十多个学科，是一项复杂的系统工程，作用和意义很大。在民用领域，时速1000千米的超高速轨道交通运输，可以替代未来石油能源紧缺时代的航空运输，实现长距离、洲际超长距离大运量客货运输。军事领域，管道超高速轨道电磁炮、轨道电磁弹射等技术在航母飞机弹射、导弹发射等方面具有广阔应用前景。航空航天领域，采用真空管道大功率、超高速轨道助推技术，可实现火箭空中点火、快速重复发射，克服目前井下发射成本高、周期长等缺点。因此，发展超高速真空管道轨道交通技术，对于引领未来超高速轨道交通技术发展、助力国防安全具有重大意义。

## 思维拓展

儒勒·凡尔纳的作品中的许多大胆假设、猜想和预言如今都成为现实。对于科学的态度他是严肃认真的，他尽可能把自己的想象建立在当时的科学发现的基础上，例如文中提到，人们在29世纪的生活都建立在基本的科学法则上——热能，和人类的历史一样古老；电力，3000年前就为人所知；蒸汽，1100年前就存在。1000年前人们就知道，化学能和机械能之间的差别仅仅在于以太粒子的振动模式不同。

文章的想象极其浪漫。对于报业大亨的生活，作者大胆创设了各种奇特的场面，上至天文、下至地理，这位大亨都斡旋其中，俨然一副舍我其谁的架势，非常有趣。

人类通过发展科技改变生活，但看到这位报业帝国大亨忙碌到马不停蹄的一天，在慨叹、享受科技的绚丽多姿以及带给我们便利的同时，我们是否会担心生活被那些科技发明所奴役呢？让这位大亨365天连轴转的，不正是高度发达的信息技术吗？作者并没有直接点明自己的观点，其中的寓意还等着我们一点点去思考。

人们的需求随着时代的发展而变化，这个世界每天都不断有新事物出现。努力去感受这些变化，用开放睿智的眼光去迎接新事物，并保持着理智的判断力吧。

# 狄拉克海的涟漪

〔美〕杰弗里·A.兰迪斯/著
罗妍莉/译

死亡如潮水般笼罩着我,挟着势不可当的威严缓缓向我扑来。尽管逃离或许毫无意义,但我还是逃走了。

我离开了,我掀起的涟漪散入无尽的远方,如同波浪将被遗忘的旅人的足迹抚平。

首次测试我的机器那天,我们小心翼翼地尽量避免一切悖论。在一间无窗的实验室里,我们在水泥地板上用强力胶带贴成一个十字,在十字标记上放了个闹钟,然后把门锁上。一小时后，我们返回实验室，取走闹钟，在房间里放上实验用的机器，在线圈之间安了个超8摄影机。我把摄影机对准十字标记，我手下的一名研究生给机器编好程序，好让摄影机返回半小时前，在过去稍作停留五分钟，然后再返回。它去而复返，没有出现半点闪烁。等我们把胶卷冲洗出来，发现闹钟上显示的时间是安装摄影机之前半小时。我们已经成功地打开了通向过去之门。我们用咖啡和香槟来欢庆胜利。

如今，我对时间的了解比从前要深刻得多，我看清了我们所犯的错误：我们没想到要在闹钟所在的房间里再安放一台摄像机，拍下机器从未来抵达时的情形。但目前在我看来显而易见的事在当时却并非如此。

我到了，涟漪从浩瀚的无尽之海汇聚到此刻。

我来到了1965年6月8日的旧金山。和煦的微风拂过点缀着蒲公英的草地，蓬松的白云呈现千奇百怪的形状供我们赏玩。然而这美景却鲜少有人驻足观赏。人们步履匆匆、心事重重，以为自己如果表现得足够忙碌，就必定是位重要人物。"他们可真匆忙啊，"我说，"这些人为什么就不能放慢脚步、闲坐享受时光呢？"

"他们陷入了时间的幻觉，"丹瑟说。他仰面躺着，吹出一个肥皂泡，棕色长发向后披散着，在那个年代，凡是过耳的都算长发。一阵微风把肥皂泡吹下山坡，吹进了人流之中。行人对它视而不见。"他们坚信，自己所做的事对某个将来的目标是很重要的。"泡泡撞到一个公文包上，啪地碎了，丹瑟又吹出一个，"你我都知道，这幻觉错得有多离谱。没有过去，没有将来，只有现在，永恒不变。"

他说得对，其正确的程度超出了他的想象。我曾经也是个心事重重、自视甚高的人。我曾经才华横溢、野心勃勃。那年我28岁，取得了世界上最伟大的成就。

我从藏身之处看着他走近货梯。这男人瘦得一副就快饿死了的模样，神色紧张，一头稀疏的金发，身穿无袖白T恤。他打量了一番走廊，但没看到躲在门房壁橱里的我。他双臂下各夹着一个八升的汽油罐，双手还各拿了一个。他放下其中三个罐子，把最后一个颠倒过来，然后沿着走廊往前走，一路泼洒着刺鼻的汽油，脸上毫无表情。

他开始泼第二罐时，我觉得时机已到。当他经过我的藏身之处时，我用扳手狠狠砸向他的脑袋，然后叫来了酒店保安。

然后我回到壁橱里，让时间的涟漪汇聚。我来到了一间起火的屋子，火焰朝着我的方向舔舐而来，简直酷热难耐。我喘了口气——这是个错误——然后用力狠敲键盘。

时间旅行理论与实践笔记：
1. 时间旅行只可回到过去。
2. 传送的物体会精准返回出发的时间和地点。
3. 不可能把属于过去的物体带到现在。
4. 过去的行为改变不了现在。

有一次，我试着重返一亿年前，回到白垩纪去看看恐龙。所有的画册上描绘的白垩纪风景都是遍地恐龙。我穿着新买的花呢西服，在沼泽里转悠了三天，却连比巴吉度猎犬的个头大点的恐龙都没瞥见。而我最终瞥见的那只——属于某种兽脚亚目恐龙——刚一嗅到我的气息，就飞快地溜之大吉了。

真是让人大失所望。

我的超穷数学教授曾经讲过一家旅馆的故事，这家旅馆有无穷多个房间。有一天，所有房间都已客满，这时又来了一位客人。"没问题。"接待员说。他把1号房的人挪到2号房、2号房的人挪到3号房,以此类推。瞧瞧!一间空房就有了。

片刻之后,又来了无穷多的客人。"没问题。"无所畏惧的接待员说。他把1号房的人挪到2号房、2号房的人挪到4号房、3号房的人挪到6号房,以此类推。瞧瞧!无穷多间空房就有了。

我的时间机器正是按照这一原理来运作的。

我再次重返1965年,那个固定的时间点,那是我混沌轨道上的奇异吸引子。在多年的流浪岁月中,我曾遇见过数不尽的人,但真正头脑冷静的唯有丹瑟一人。他有着温柔而自如的笑容,有一把破旧的二手吉他,还有我活了一百回才学会的智慧。我见过身处顺境与逆境的他,见过天空蔚蓝的夏日里的他——我们赌咒发誓,这样的日子会延续千年;见过风雪肆虐的冬日里的他,飘落的雪花在我们头顶堆积如山。在相对幸福的时光里,我们曾把玫瑰插进枪管,在暴乱中,我们横躺在城市的街道上,而未曾受伤。他去世时,我总是陪在他身边。他已死过一次、两次、上百次。

他死于1969年2月8日。他死了，而过去的我无计可施、此时的我束手无策。

上一次他死去的那回，我把他拽到了一家医院，在那里又是大叫又是咆哮，直到最终说服了那些人留下他住院观察——哪怕他看起来什么毛病也没有。借助X光、动脉造影和放射性示踪剂，他们在他大脑中发现了那个正在发展的肿泡；他们给他上了麻醉，剃掉了他好看的棕色长发，给他做了手术，切除了病变中的毛细血管，切口处结扎得干净利落。麻醉药的药力散去后，我坐在病房里，握着他的手。他双眼下方有大片的紫斑；他抓住我的手，一言不发地凝视着空中。无论是否在探视时间内，我都不肯出病房。他就这么凝视着。在黎明前天色灰暗的时刻，他轻轻叹了口气，去世了。我根本无辙可想。

时间旅行受制于两重约束：一是能量守恒，二是因果关系。出现在过去所需的能量是从狄拉克海借来的，由于狄拉克海的涟漪是逆时间方向传播的，所以传送只能回到过去。只要被传送的物体返回时延迟为零，当下的能量便可守恒，而因果关系法则保证了过去的活动无法改变当下。

比如，假设你回到过去、杀掉了你父亲，将会如何？那谁来发明时间机器呢？

有一次，我曾经企图自杀，方式就是在我出生前23年杀死我父亲，当时他还未曾与我母亲相遇。当然，结果一切照旧，我也知道这改变不了什么。可是总得试试看吧，不然我怎么能确定呢？

接下来，我们尝试着把一只老鼠送回到过去。它穿过了狄拉克海，毫发无损地返回。然后我们又用一只受过训练的老鼠做了实验，这只老鼠是我们从草坪对面的心理实验室借来的，我们没告诉他们借来做什么。在这趟短短的旅程开始之前，它接受了穿过迷宫去获取一片培根的训练。旅程之后，它用跟平时一样快的速度跑过了迷宫。

我们还得在人身上试验一下。我自告奋勇，不因任何人的劝说而罢休。既然是拿自己做试验，我就规避了大学关于人体实验的限制。

潜入负能量之海时毫无感觉。上一刻，我还站在伦塞尔兹线圈的中央，我手下的两名研究生和一名技术人员正看着我；下一刻就只剩我一人了，时钟所指的时刻回溯了一小时整。我独自待在一间上了锁的屋子里，室内除了一台摄影机和一只闹钟之外别无一物，那一刻是我人生的巅峰。

第一次遇见丹瑟的那一刻则是我人生的低谷。当时我正在伯克利一家名叫"特里西亚"的酒吧里，一点点喝得烂醉。卡在无所不能与万念俱灰之间的我时常买醉。时逢1967年，正值嬉皮士时代中期，那时的旧金山似乎很适合这么做。

有个姑娘跟一帮大学生同坐一桌。我走到她桌旁，自顾自地坐下来。我对她说，她并不存在，她的整个世界都不存在，纯粹是因为我正在旁观才有的，一旦我不再观看，一切便会消失在虚幻的海洋中。那姑娘名叫丽莎，她反驳了我。她的朋友们觉得无聊，纷纷散去，过了一阵，丽莎才意识到我醉得有多厉害。她把一张钞票往桌上一丢，走到门外，步入了雾茫茫的夜色。

我尾随而出。见我跟在身后，她抓起手提包便狂奔而去。

突然间，他出现在街灯下。有那么一瞬，我还以为他是个姑娘呢。他的蓝眼睛光华璀璨，棕色直发垂落到肩，身穿一件带刺绣的印度衬衣，颈上挂着一块银镶绿松石的圆形吊坠，背着一把吉他。他身材瘦削，简直跟竹竿差不多，动作像个舞者或是空手道高手。但我一点也没觉得害怕。

他打量了我一番，说道："你也知道，这解决不了你的问题。"

我立刻觉得一阵羞愧。我已经拿不准自己到底在想什么了，也不知刚才为何要尾随那姑娘。从我初次逃脱死亡至今已经过去了多年，我已开始将他人视为虚幻的存在，因为无论我做什么，都不会对他们产生长久的影响。我觉得头晕目眩。我靠着墙滑下来，重重跌坐在人行道上。我变成什么人了？

他扶我回到酒吧，喂我喝橙汁、吃椒盐卷饼，让我开口说话。我把一切都告诉他了。既然我能抹去自己说过的话、做过的事，那为什么不告诉他呢？但我并不想这么做。他一言不发地听完了。以前从来没有人听到过完整的来龙去脉。我无法解释这对我的影响。在数不清的岁月里，我一直形单影只，然后，哪怕只有一瞬间……这一念对我的刺激那般强烈。我并不是孤单一人，哪怕只有一瞬间呢。

我们一起离开了。走了半个街区，丹瑟在小巷前停下了脚步，巷子里黑黢黢的。

"这儿有点不太对劲。"他的语气里带着困惑。

我把他往后一拽:"等一下。你不会乐意进去的——"他挣脱了,走了进去。我略一犹豫,也跟了进去。

小巷里弥漫着陈年啤酒的气味,混杂着垃圾、尿液和难闻的呕吐物的味道。片刻之后,我的眼睛就适应了黑暗。

丽莎蜷缩在几个垃圾桶后面的角落里。她的衣服被刀割破了,散落在地。大腿和一侧手臂上有发黑的血迹。她似乎没看见我们。丹瑟在她身旁蹲下,轻声说了几句什么。她没有回应。他脱下衬衣,裹住她的身体,然后把她拥在怀里,抱了起来。"帮我把她送到我公寓去。"

"公寓!见鬼了。我们最好还是报警吧。"我说。

"给那帮警察打电话?你疯了吗?你想让他们再来伤害她?"

我忘了,现在是60年代。我们俩一边一个,把她抬到了丹瑟的大众甲壳虫车上,然后开车将她带到了他位于阿什伯里①的公寓。开车时,他轻声向我解释,这就是爱之夏②的阴暗面,我以前从未见过。他说,那就是些小流氓,

---

① 20世纪60年代旧金山的嬉皮士聚居地。
② 1967年旧金山爆发的嬉皮士运动。

他们跑到伯克利来,是因为听说姑娘会随便跟人走,当他们遇到一个想法不同的姑娘,干的事就很可恶了。

她身上大多是些皮外伤。丹瑟为她清洗了身体,把她安置到床上,一整夜都陪在她身边,跟她说话,柔声哼歌,弄出些让她安心的响动来。我睡在厅里的一张床垫上。等我早晨醒来时,他们俩都还躺在他床上。她静静地睡着了。

时间旅行讲座笔记

20世纪初是个大知识分子辈出的时代,或许再也无人能与那些巨人相提并论。爱因斯坦刚刚创立了相对论,海森堡和薛定谔提出了量子力学,但还没人知道该如何使这两种理论取得统一。1930年,一个新人解决了这个问题。此人名叫保罗·狄拉克,时年28岁。他在别人失败的地方赢得了胜利。

除了一个小小的细节之外,他的理论获得了前所未有的成功。根据狄拉克的理论,粒子既可以具备正能量,也可以具备负能量。负能量粒子是什么意思?物体怎么可能具备负能量呢?为什么普通的正能量粒子就不会落入负能态,并在此过程中释放出大量的自由能?

换作你我，可能无非是加以规定：普通的正能量粒子不可能转变为负能量。但狄拉克不是普通人。他是个天才，是最伟大的物理学家，对此他有答案。如果所有可能的负能态都已被占据，那么粒子就无法进入负能态。啊哈！所以，狄拉克假设整个宇宙中充满了负能量粒子，在外太空的真空中、在地球的中心、在粒子可能存在的每一处，它们包围着我们、渗透了我们。这是一片无限密集的负能量粒子之"海"——狄拉克海。

他的论点还涉及了空穴的事，不过这个回头再讲。

有一次，我去看耶稣受难。我从圣克鲁兹乘飞机来到特拉维夫，又从特拉维夫坐巴士到了耶路撒冷。在城外的一座小山上，我穿越了狄拉克海。

我是穿着三件套西服来的——没办法，除非我想裸体旅行。这片土地翠绿得惊人、肥沃得出奇，超乎了我的想象。方才的小山现在成了一片农场，遍布着葡萄架和橄榄树。我把线圈藏在岩石后，朝大路走去。我没走多远。刚在路上走了五分钟，我便遇到了一群人。他们深色头发、深色皮肤，身穿洁净的无袖白袍。这是罗马人、犹太人，还是埃及人？我怎么分辨得清呢？他们跟我说话，但我一个字也听不懂。片刻之后，其中两个人抓住了我，第三个人来搜我的身。他们是强盗在搜罗银钱？还是罗马人在找什么身份证件？我这才意识到自己原先的想法有多天真，还以为只要找一身合适的衣服，就能设法混入人群。搜身的那个人搜得一丝不苟、有条不紊，结果一无所获，他打了我一顿，最后把我脸朝下摁进了泥土里。另外两个人按住我，他拔出匕首，割断了我双腿后侧的肌腱。我猜他们已是大发慈悲了，没有取我性命。他们彼此说笑着走开了，说的话我不明其意。

我的腿废了，又断了一条胳膊。我用没受伤的那条胳膊拖着身子，花了四个小时才爬回山上。路上偶尔有人经过，对我视若无睹。我一回到藏身之处，就把伦塞尔兹线圈拖了出来，缠在我身上，这样的动作对我纯属折磨。等到在键盘上按动"返回"键时，我的意识已然恍惚。我总算按下了返回键。涟漪从狄拉克海汇聚而来，我重新置身于圣克鲁兹的酒店房间里。大梁已被烧穿，那边的天花板开始塌陷。火警警报器尖声哀鸣着，但却无处可逃。房间里弥漫着刺鼻的浓烟。我尽力屏住呼吸，在键盘上狠狠敲下一个数字，某个时间，随便什么时间都行，只要不是那一刻。我又出现在酒店房间里，时间是五天前。我喘了口粗气。床上的女人尖叫一声，想把床单拉起来盖住身子。房间里的男人正忙着，根本没有留意。反正他们也不是真实的存在。我没有理会这俩人，而是多用了一点注意力去想接下来该去哪里。

回到1965年吧，我想着。我用键盘输入数字组合，随之便站在了酒店30层的一个空房间里，酒店仍在施工，工程起重机的剪影寂然无声，一轮满月的微光映照于其上。我试着弯了弯腿。疼痛的记忆已开始淡去。这很合理，因为那件事从未发生过。时间旅行虽非永生，却已是仅次于永生的妙事了。

无论你如何努力，都改变不了过去。

次日早晨，我在丹瑟的公寓里探索了一番。真是疯狂，这套小公寓位于三楼，与海特·阿什伯里街相隔一个街区，那里被改造成了一个类似外星球的地方。公寓地板上铺满了旧床垫，床垫上乱七八糟地堆着被子、枕头、印第安毛毯和毛绒玩具。进门之前要先脱鞋——丹瑟总是穿凉鞋，来自墨西哥的皮革凉鞋，鞋底是从旧轮胎上剪下来的。从来不热的暖气片用五颜六色的日辉牌荧光漆喷涂过。墙上贴满了海报：彼得·马克思①的印刷品、色彩鲜艳的埃舍尔②作品、艾伦·金斯伯格③的诗歌、唱片专辑的封面、和平集会的海报、一块上写"海特即爱"的牌子，还有联邦调查局十大通缉犯的海报，是从邮局里撕下来的，海报上著名反战活动家的照片用蓝色白板笔圈了起来，以及西番莲粉色的巨大和平标志。某些海报用黑色的灯打了光，映出不可思议的各色光辉。带有霉味的空气中弥漫着熏香和药物的气息。角落里的一台电唱机无限循环地播放着《比伯军曹寂寞芳心俱乐部》④。每当唱片的咝啦

---

① 被尊称为美国现代画家之泰斗，是一位多才多艺的天才艺术大师，生前作品便被收入了世界十大博物馆，喜欢用各种不同媒介作为画布来进行独一无二的创作。
② 莫里茨·科内利斯·埃舍尔，荷兰版画家，因其绘画中的数学元素而闻名。
③ 诗人、文学运动领袖、激进的无政府主义者，被奉为"垮掉的一代"之父。
④ 英国摇滚乐队甲壳虫的第八张录音专辑，其中出现了许多类似天外飞来般的声响，开启了"概念专辑"的时代，这张唱片代表了20世纪60年代的时代精神。

声变得过于明显，丹瑟的某位朋友就必定会再带一张新的来。

他从不锁门，"有人想偷我的东西，得了，嘿，他们可能比我更需要它，好吗？这很酷。"无论昼夜，随时都有人顺道来访。

我留起了长发。丹瑟、丽莎和我一起度过了那年夏天，我们一同欢笑、弹吉他，写傻里傻气的诗和比诗还傻的歌。当时的人并不害怕现实另一边那奇异而美丽的世界，那是个值得一活的时代。我知道，丽莎真心爱的人是丹瑟，而不是我，但在那些日子里，自由的爱情弥漫在空气中。这件事无关紧要。反正没多大关系。

时间旅行讲座笔记（续）

在假设整个空间充斥着无限密集的负能量粒子之海后，狄拉克进一步发问：在正能量宇宙中的我们是否能与这片负能量之海相互作用？比如说，假设你给一个电子注入充足的能量，使其脱离负能量之海，那会发生什么情况呢？会发生两件事：第一，你似乎会凭空创造出一个电子。第二，你会在海里留下一个"空穴"。狄拉克意识到，空穴的表现仿佛其本身就是一个粒子，与电子毫无二致，只有一点不同：它会携带相反的电荷。然而，一旦这个空穴与一个电子相遇，电子就会落回狄拉克海中，在一次明亮的能量爆发中，电子和空穴都将湮灭。最终，他们给狄拉克海里的这个空穴取了一个专属的名字：正电子。两年后，安德森发现了正电子，证明狄拉克的理论是正确的，这样的结果简直令人扫兴。

在接下来的50年里，物理学家们基本上没有理会狄拉克海的存在。反物质（即狄拉克海里的空穴）是该理论的重要特征，其他只是数学的产物。

70年后，我想起了我的超穷数学老师讲过的那个故事，并把它与狄拉克的理论糅合到一起。就像在一个拥有无穷多房间的酒店里额外安排进一位客人一样，我想出了如何从狄拉克海中借用能量。或者换句话说：我学会了如何制造波浪。

而狄拉克海上的波浪在时间上是倒流的。

接下来，我们必须做出更有雄心的尝试。必须把人送回到历史上更久远的年代，并获取时间旅行的证据。即使数学告诉我们，现在是无法改变的，但我们仍然害怕在过去做出改变。

我们拿出摄影机，仔细选择目的地。

1853年9月，一位名叫威廉·哈普兰的旅行者与其家人一道穿过内华达山脉，到达了加利福尼亚海岸。他女儿莎拉在日记里记录说，当一行人到达帕克山脊的顶峰时，太阳恰好悬于地平线处，"在一片绯红的光辉中"，自己如何第一次瞥见了遥远的太平洋。这本日记至今仍在。我们带着摄影机，轻而易举就藏身于那道山口上方的岩石缝隙里，在他们经过时拍下了那几位坐在牛车里的疲惫旅客。

第二个目标是1906年的旧金山大地震。我们待在一间废弃仓库里——它会在地震中屹立不倒，却逃不过随后的火灾——一边看着周围的建筑倒塌、四面楚歌的消防员坐在马拉的消防车里徒劳地努力扑灭上百场大火，一边拍摄着。在大火蔓延至仓库之前，我们逃回了现在。

这些影片令人惊叹。

我们准备好了要向全世界宣布。

一个月后，美国科学促进会要在圣克鲁兹举办一次会议。我致电项目主席，争取到了一个特邀演讲嘉宾的位置，但又没有透露到目前为止完成了哪些工作。我计划要在演讲时播放那些影片。影片会让我们一战成名。

丹瑟去世那天，我们开了一场告别派对，参加者只有丽莎、丹瑟和我。我告诉他了，他知道自己行将就木。不知怎么回事，他相信了我。他总是相信我的话。我们通宵未眠，弹奏着丹瑟的二手曼陀林，用油彩在彼此的身体上画出魔幻的图案，在一场激烈而冗长的"大富翁"游戏中相互对抗，干了上百件傻乎乎的平凡事，其意义仅仅在于这是最后一次了。凌晨四点左右，天空中开始显现虚幻的曙光，我们来到海湾旁，拥在一起取暖。他说的最后一件事是告诉我们不要让梦想消亡，以及不要分离。

我们把丹瑟葬在了由市政府出钱的福利公墓里。三天后，我们分手了。

我和丽莎还保持着联系。70年代末，她重返学校，先是攻读MBA，然后又进了法学院。我估计，她结婚已经有一阵了。有段时间，我们在圣诞节互写贺卡，然后我就跟她失去了联系。多年以后，我收到了她的一封信。她说，她终于可以原谅我害死了阿丹。

那是二月里一个雾气朦胧的日子，天寒地冻，但我知道，在1965年还是能找到温暖的。涟漪汇聚而来。

预计听众会提出的问题：

问（古板的老教授）：在我看来，你提出的这个时间跃迁违反了质量/能量守恒定律。举例而言，当一个物体被传送到过去时，就会有一定量的质量从现在消失，这明显违反了守恒定律。

答（我）：由于返回时恰好回到出发的时间，所以现在的质量恒定不变。

问：很好，但是抵达过去的时候呢？这难道就不违反守恒定律吗？

答：不违反。需要的能量是从狄拉克海中获取的，我在《物理学评论》的论文中详细阐释了这一机制。当物体重返"未来"时，能量又回到了狄拉克海中。

问（热情的年轻物理学家）：那么，海森堡的不确定性原理不会限制我们能在过去度过多长时间吗？

答：问得好。答案是会，但因为我们从无穷多的粒子中借用了无穷小的能量，所以在过去能度过的时间可以是任意长。唯一的限制是你离开过去的时间必须是在离开现在的那一刻之前的一瞬。

原定半小时后由我介绍的这篇论文将使我与牛顿、伽利略和狄拉克齐名。我28岁，与狄拉克宣布他的理论时同龄。我就像一支火把，准备将世界点燃。我心情紧张，正在酒店房间里做演讲排练。我灌了一大口放久了的可乐，那是我手下的一名研究生放在电视机顶上的。晚间新闻报道组还在喋喋不休，但我根本没听。

那场演讲从未开始过。酒店已经着火；我的死早已命中注定。领带打得很整齐——我对镜审视了一下自己，然后向门口走去。门把手是温热的。我打开门，门外一片火海。火焰从敞开的门窜入，犹如一条嗜杀成性的恶龙。我踉跄后退，惊奇而入神地凝视着火焰。

我听到一声尖叫从酒店的某处传来，顿时挣脱了魔咒回过神来。我置身于第30层，无路可逃。我想到的是我的机器。我冲过房间，猛地打开装着时光机的箱子，用敏捷而沉着的手指拽出伦塞尔兹线圈，缠在自己身上。

地毯着了火，形成了一道火墙，挡住了所有逃命的去路。为免窒息，我屏住呼吸，往键盘上输入了一个数字，潜入了时间。

我一次又一次地重返那一刻。当我按下最后一个键时，浓烟已让空气变得几乎无法呼吸。当时，我的生命还剩下大约30秒。

这么多年来，我一点点地蚕食掉了时间，只剩下10秒了，甚至还不到10秒。

我活在借来的时间里。或许人人莫不如此，但我知道到何时何地，我欠下的债就该还了。

丹瑟于1969年2月9日去世。那一日天色昏暗、雾气朦胧。早晨他说头疼。这不同寻常，因为丹瑟从来没有头疼过。我们决定去雾中散散步。这很美，仿佛我们正单独置身于一个无形无相的陌生世界。我已完全忘了他头疼的事，直到在海湾上方的公园隔着雾海眺望时，他倒了下去。救护车还没赶到，他就死了。他死时面带神秘的微笑，那个笑容我始终不曾理解。也许他的笑是因为不疼了吧。

两天后，丽莎也死了。

你们这些普通人啊，你们有机会改变未来。你们可以养孩子、写小说、在请愿书上签名、发明新机器、参加鸡尾酒会、竞选总统。你们做的每一件事对未来都有影响。而我无论怎么做都办不到。对我来说，要影响未来已经来不及了。我的行动书写在流水里。既然没有影响，我也就没有责任。无论我做什么都毫无区别，半点都没有。

当我第一次逃离火海、回到过去，我曾想尽办法去改变过去。我阻止了纵火犯，跟市长们争论，甚至还跑到自己家里，告诉自己不要去参加会议。

但时间的运作方式并非如此。无论我做什么，找州长谈话，或是炸毁酒店，等我抵达那关键的时刻——亦即现在、我的命运、我离开的那10秒钟时间。每当我穿越狄拉克海，过去我所改变的一切都荡然无存。有时，我会假装自己在过去所做的改变创造了新的未来，但我知道，事实并非如此。当我重返现在，所有的变化都被汇聚的波浪泛起的涟漪抹去了，就像下课后擦黑板一样。

总有一天，我会回来迎接我的命运。但目前我暂且活在过去。我想，这是一种美好的生活。你会习惯这样的事实：无论你做什么，都不会对世界产生任何影响。这让你感到自由。我去过谁也不曾踏足的地方,见过活着的人谁也没见过的景象。当然,我已经放弃了物理学。我所发现的一切都无法熬过圣克鲁兹的夺命之夜。也许有些人会纯粹为了获取知识的乐趣而继续学习。对我来说并无意义。

但也有补偿。每当我回到酒店房间,除了我的回忆之外,一切如旧。我重回28岁,又穿着同样的三件套西服,嘴里又隐约有变了味的可乐味道。每次重返现在,我都会耗掉一点时间。总有一天,我就没有剩余的时间了。

丹瑟也永远不会死。我不会让他死的。每当来到二月的最后那个早晨,也就是他去世的那天,我就会回到1965年、回到六月那完美的一天。他不认识我,他从未认识过我。但我们在那座山上相遇,只有我们俩愿意无所事事地享受这一天的时光。他仰面躺着,漫不经心地拨弄着吉他弦,吹着泡泡,凝望飘浮着云朵的蓝天。过后我会把他介绍给丽莎。她也不会认识我们当中的任何一个,但没关系。我们有的是时间。"时间,"我躺在山上的公园里,对丹瑟说,"时间有的是。"

"所有时间尽在于此。"他说。

杰弗里·A.兰迪斯博士，美国当代科学家，科幻作家，雨果奖和星云奖双奖得主。先后发表了60余篇短篇科幻小说，作品被翻译成16种语言。他是美国国家航空航天局（NASA）约翰·格伦研究中心的光电能及太空环境研究专家、火星探路者计划的首席电池专家，金星漫游车的设计者。科学家和作家的双重身份，使兰迪斯成为世界上最优秀的硬科幻小说作家之一。2014年获海因莱因奖。

本篇获1990年星云奖最佳短篇小说奖。

## 名师大语文

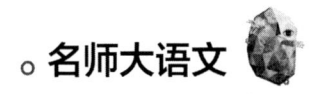

### 名师导读

这是一篇关于时间旅行的小说,故事的主人公反复回到1965年。

他参透了时光穿越的原理,已做好年少成名动天下的准备。那时的他才华横溢,野心勃勃,可惜一场突如其来的火灾让他只能在从"狄拉克海"偷来的时间里,频频回到过去,回到一亿年前的白垩纪,回到与好友相遇相识及死别的过程,回到父母相遇之前。但无论他如何努力,结果无疑都对现实于事无补。

### 测不准原理

量子力学对微观世界的描述有着某种"模糊性"。测不准原理是量子力学的一个基本原理。一个微观粒子的某些物理量,如位置与动量或方位角与角动量，不可能同时具有确定的数值，其中一个量确定得越精确，另一个量的不确定程度就越大。时间和能量也服从不确定关系：微观粒子存在于某一状态的时间越短，则这状态的能量确定程度就越差。

维尔纳·海森堡（Werner Heisenberg）于1927年确立了"测不准原理"。所有测量都会干扰微观系统，只不过当所涉及的质量大得多时，量子不确定性就会减小。例如能量，在一个很短的时间间隔里能量会有一定的涨落。从黑洞逃离是被禁止的，但是测不准原理允许粒子在一定时间间隔里从黑洞借出一定量的能量。如果黑洞是微型的，即尺度与基本粒子相当，能量的"跃迁"可能足以使粒子运动一段大于视界半径的距离，其结果就是粒子逃出，黑洞损失能量。不过粒子并没有真的跳过视界"墙"，而是从一个由测不准原理短暂打通的"隧道"穿过。

## 狄拉克海

在量子力学里，真空并不意味着没有任何场、粒子或能量。量子真空是一种能量为最低的状态，它只是被称作"真空"而已，实际上能量严格为零的状态是不可能存在的。时间和能量的测不准原理解释了为什么真空不空。由于质量与能量的等价性，真空中的能量涨落就可以导致基本粒子生成。

1928年，保罗·狄拉克发现，每一种基本粒子都有一种对应的反粒子，二者质量相同，其他性质呈镜像对称。电子带负电荷，其反粒子即正电子，质量相同而电荷相反。光子没有质量，它的反粒子就是它自己。一个粒子与其反粒子相遇，就会相互湮灭，将质量转化为能量。因此，一个粒子和它的反粒子就表示相当于它净质量两倍的能量，反过来，一定量的能量也可以被看作是一对正反粒子。于是，由于能量涨落而躁动的量子真空就成了所谓的"狄拉克海"，其中遍布着自发出现又很快湮灭的正反粒子对。在不存在任何力的量子真空里，粒子对不断地产生和消灭，所以平均来说就没有任何粒子或反粒子真正产生或是消灭。

保罗·狄拉克与埃尔温·薛定谔因为在1933年"发现了原子理论的新形式"，从而共同获得诺贝尔物理学奖。

## 思维拓展

这篇文章像极了一个人在喃喃自语，略带艰涩的语言也容易给人一头雾水的感觉。在阅读的过程中，要先梳理一下文章的脉络。主人公在时间之海中不断穿梭，所以要对文章的内容进行一定程度的剥离，中间演讲稿的部分是主人公科研的成果，可以拿出来单独阅读。而好友丹瑟的部分则是主人公一生中愿意沉溺的幸福时光。剩下的部分，仔细阅读就能发现是主人公准备发表演讲前一次次的实验直至遇难的时光，他反复通过时间机器回到那个时间点，目的就是想改变当时的情况，尽管他内心深知任何努力都无法对未来做出改变，因为时间机器只能带着他回到过去，而过去的行为不能改变现在。

文章的结构是多时空交织的，给人一种碎片式、迷离的感觉，需要抽丝剥茧，才能厘清主线，明白主人公的命运发展，从而更加体会他对过去的纠结与眷恋。小说的哲学意味十分浓厚，在生与死、过去与现在之间，我们更加深刻地意识到当下即是永恒。

如果可以时间旅行，你最想到达的是什么时候呢？是充满神秘与憧憬的未来？还是无忧无虑的童年时光？想必谈到这个话题，每个人都能打开话匣子，滔滔不绝地说个不停吧。虽然我们现在还没有办法真正地进行时间旅行，但是我们可以通过想象穿梭时空，与过去的自己、未来的自己进行一次次超时空的对话。

# 疫病

〔美〕刘宇昆 / 著
夏笳 / 译

我和姆妈站在河中捕鱼。太阳快要落下去了，鱼儿昏昏沉沉，很好抓。天空是明亮的绯红色，姆妈也是。落日余晖在她的镜皮（镜面一样的皮肤）上闪耀，像泼了一身的血。

这时候，一个巨大的人影从芦苇丛中跌跌撞撞踏入水中，一根末端连着玻璃罩的长管子从他身上掉下来。随即我看出，跟我开始想的不一样，他其实并不胖，只是因为身上穿着一件带玻璃头盔的厚外套，所以才显得块头大。

姆妈看着那人像条鱼一样栽进水中。

"走吧，马恩。"她喊我。

但我不走。片刻之后，那人不太动弹了，扑腾着去摸索背上的管子。

"他没法呼吸啦。"我说。

"你帮不了他。"姆妈说，"这儿的空气、水、一切的一切，对他这样的人都是剧毒。"

我走过去，蹲下身子，透过玻璃罩看他的脸。他的脸上光秃秃的，一点儿镜皮都没有。他是从圆顶那里来的。

他丑怪的五官因为恐惧而扭成一团。

我伸出手，帮他把背上的管子解开。

我多希望自己没有弄丢摄影机。篝火的光焰在他们闪闪发亮的身体上跳跃，那景象无法用语言描述。摇曳的暗影，为他们笼罩上一层华贵，他们扭曲的四肢、他们嶙峋的躯体、他们骇人的容颜，似乎都在这暗影中消失无踪。令我心痛。

救了我的女孩递给我一碗吃的，鱼，大概是。我感激地接了过来。

我取出净化装备，将纳米机器人洒在食物上。按照设计，这些机器人一旦完成任务，就会自行解体，不像过去那些失控的恐怖技术，把世界变成了炼狱……

害怕引起不愉快，我解释一句："加点佐料。"

看着她就像看一团人形的镜子。我看不见她的脸，只看见自己扭曲的脸映在上面。从那平滑镜面上隐隐约约的凹痕和突起中，我很难读解出她的表情，但我猜她很困惑。

"母阿缩次大独里都。"她唧唧咕咕地说。我不怪她含混的音位和简陋的语法——这些在蛮荒中艰难求生的镜皮病人，自然不可能像诗人一样说话、像哲人一样思考。她说的是"妈妈说这里吃的对你有毒"。

"加点佐料就没事了。"我说。

看着我将净化过的食物挤进头盔旁边的进食管中，她的脸像池塘一样泛起涟漪，我的镜像化作一摊破碎的色彩。

她笑了。

那个圆顶来的人裹得密不透风，在村里鬼鬼祟祟地游荡，其他族人们都不相信他。

"他说，其他圆顶人害怕我们是因为不懂我们。他想改变这一点。"

姆妈大笑起来，笑声像水在石头上汩汩作响。她的镜皮纹理发生了变化，映出的光芒变得冷硬破碎。

圆顶人为我玩的这套把戏着了迷，他手中的棍子从我的腹部、我的大腿、我的胸口划过，观察我的镜皮随之起伏荡漾。他把我们每个人说的每句话都写了下来。

他问我知不知道自己爹爹是谁。

我想圆顶该是个多奇怪的地方啊。

"不。"我告诉他，"每一季的节日庆典上，男人和女人们结合在一起，镜皮会把生命的种子送到该去的地方。"

他跟我说对不起。

"对不起什么？"

我很难真正明白他的想法，因为他光秃秃的脸不像镜皮那样会说话。

"所有这些。"他挥手画了个圈，将周围一切都包括在里面。

50年前疫病暴发时，狂暴的纳米机器人和人体增强病毒吃掉了人们的皮肤，吃掉了食道柔软的表皮，吃掉了身体上每一处孔洞中温暖湿润的黏膜。

无数微型机器人和微生物群组成薄薄的膜，像一层青苔，取代了被吃掉的血肉，包裹住人的躯体，从内到外。

那些有钱人——我的祖先——带着武器龟缩起来，建起了圆顶，看着剩下的难民们死在外面。

但有些人活了下来。寄生在他们身上的膜发生了变异，甚至还保护了宿主，使他们能够吃下变异的水果、喝下有毒的水、呼吸致命的空气。

圆顶里流传着有关镜皮病人的笑话，一些胆子够大的家伙不时与他们保持着生意往来。不过所有人似乎乐意如此认为：他们已经不是人了。

一些人声称镜皮病人过得很快活，但那只不过是盲从和逃避责任的想法。人各有命，我生在圆顶中，她生在圆顶外。她不思考哲学问题，而是撕扯着畸变的皮肤；她没有伶俐的口舌，只有唧唧咕咕的只言片语；她不懂得正常的家庭之爱，只有野兽一般发自本能的情爱渴求。这些并不是她的错。

作为圆顶人，我们必须拯救她。

"你想弄掉我的镜皮？"我问。

"是的，为了想办法治病，你的病、你妈妈的病，还有所有镜皮病人。"

我现在很了解他了，知道他是发自内心要帮忙。我的镜皮是我身体的一部分，就像我的耳朵一样，但他却并不在乎。他相信剥我的皮、毁我的身体、把我扒得赤条条光秃秃，会把我变得更好。

"我们有责任帮你。"

他视我的欢乐为痛苦，视我的思虑为忧虑，视我的希望为谵妄。真奇怪，一个人只能看见他想看见的东西。他想把我变得跟他一样，因为他觉得他那个样子更好。

还不待他反应过来，我已捡起一块石头，敲碎了他的玻璃面罩。在他的尖叫声中，我伸手摸到他的脸，看着手上的镜皮蠕动着，将他一点一点包裹起来。

姆妈说对了。他不是来这里学习的，但不管怎样，我得教会他。

---

刘宇昆，美国华裔，幻想小说作家，同时也是一名律师和程序员。他是星云奖、雨果奖和世界奇幻奖得主，著有"丝绸朋克"奇幻小说《蒲公英王朝》，另有小说集《折纸和其他故事》。

本篇2013年4月发表在英国《自然》（Nature）杂志的科幻专栏。

## 名师大语文

### 名师导读

"真奇怪,一个人只能看见他想看见的东西。他想把我变得跟他一样,因为他觉得他那个样子更好。"这是马恩砸开"圆顶人"玻璃罩前的一段内心独白,也是文章矛盾的核心,或许,真正发生病变的不是"圆顶人"或者"感染者",而是他们内心那种视对方为异类,盲目以为只有自己的选择才正确的心态。

正如西安交通大学中文系教授王瑶所说:拉康的"镜像阶段"提出,"主体"是个"我—他"结构,也即是说,每个人都把"他者"当作镜子,从中映照出"自我"的影像,并制造出一种"自我"处于中心位置的幻觉。所以圆顶人来到这些被感染的人中间,但却并没有能够真正以一种跨文化交流的平等姿态去深入理解他们,而只是从这些"他者"身上,自恋地看到自己拯救者的影像。

## 纳米生物学

1纳米=$10^{-6}$毫米，纳米生物学是应用纳米技术研究生物学问题的交叉学科。许多基本的生物学功能是通过尺度为1～100纳米的分子机器（酶、转录复合体、核糖体、运输复合体、核孔等）来实现的。纳米生物学的任务就是用纳米技术研究这些机器的结构、功能及自组装机制。常用的纳米技术有扫描探针显微术、近代光学技术及微操纵技术。在具体应用上是通过操纵生物大分子来构建和加工符合预设目的的分子器件或机器。另一方面，对生物分子的纳米结构与功能的研究，也推动了纳米技术的发展。当前纳米技术的研究和应用主要在材料和制造、微电子和计算机技术、医学与健康、航空航天、环境能源、生物技术和农产品等方面。用纳米材料制作的器材重量更轻、硬度更强、寿命更长、维修费更低。

纳米生物学发展到一定程度时，可以用纳米材料制成具有识别癌细胞能力的纳米生物细胞和能吸收癌细胞的生物医药，杀死癌细胞。近年来，纳米生物学特别是纳米医学技术迅速发展，科研人员大量合成和制备用于疾病诊断或治疗的纳米材料。这些研究成果一部分已经应用在临床治疗上，显示了巨大的发展潜力。在未来，科学家可以根据分子病理学的原理研制出各种各样可以进入人体微观世界的纳米机器人，用于清除有害物质、修复损坏基因、激活细胞能量、维护人体健康和延长人类寿命。

## 思维拓展

小说刻画了"圆顶人"和"感染者"的冲突，在表达上采用的是双视角，一个视角是"感染者"，也是开头在河边钓鱼的马恩的视角。马恩的视角看"圆顶人"非常可怜，因为外界的一切——这空气、这湖水——对他来说都是毒药，他没有自我保护的"新皮"，只有畸形的四肢、营养不良的身躯、破相的容颜，只能靠机器处理食物，而这可怜的"圆顶人"竟然还把自己当成"感染者"的救世主。

另一个视角是"圆顶人"，也就是芦苇丛里被救起的那个人的视角。从"圆顶人"的视角来看，马恩他们就像是一面"人型"的镜子，他认为自己能从马恩平滑的脸上感受到她的迷茫，他认为这些"感染者"是在野外胡乱摸索出生存之道的人，他想要改变这种野蛮的生存现状，最后却被马恩砸开了玻璃罩，让他被"新皮"覆盖。

不同视角的讲述，让读者更加清晰地感受到双方的矛盾冲突，也加剧了故事的戏剧性，以全知视角读起来更能领会作者想要表达的主题与态度。

生活中当你面对别人的劝告会怎样想呢？是忙着否定，还是一味地接受？或许你能够抱着参考的心态认真地思考，合理地采纳。那面对别人的问题，你又会怎样提出自己的建议呢？读读这篇文章，或许它会给我们提个醒：不要盲目骄傲。

# 26只猴子或无底深渊

〔美〕凯伊·约翰逊/著
繁星/译

## 1

艾梅最拿手的魔术就是让26只猴子在舞台上消失。

## 2

她推出一只狮脚浴缸,让观众上台检查。观众爬进浴缸,又俯身检查底部,摸摸白色的釉面,蹭蹭小狮脚。检查完之后,四条链子从舞台上空落下。艾梅把它们固定在浴缸边缘，发了个信号，浴缸就被吊在了大约三米高的空中。

她在浴缸旁边搭了一把梯子，一拍手，舞台上的26只猴子一只接一只地爬上了梯子，跳进了浴缸。每有一只猴子跳进去，浴缸都会晃一下。观众可以看到猴子的头、腿和尾巴。最后，所有的猴子都进到了浴缸里，浴缸渐渐不晃了。泽布总是最后一只爬上梯子的猴子。他爬进浴缸，从胸腔深处发出一声元气十足的大吼，声音传遍整个舞台。

然后光芒一闪，其中两条链子脱落，浴缸向下一歪，露出了内部。

空空如也。

## 3

之后，猴子们会出现在旅游巴士里。车上有一个小活板门，日出之前几个小时，猴子们回来之前会单独或者成群结队地从水龙头接一些水喝。如果同时回来的有好几只，他们就会像休息时间在宿舍大厅的大学生一样悠闲地聊聊天。有几只睡在沙发上，还有个别的更喜欢床，但大多数会回到他们的笼子里。他们整理自己的毯子和毛绒玩具时会发出些咕噜声，接着就是绵长的呼吸和打鼾声。只有听到他们全都回来了，艾梅才会去睡觉。

艾梅并不知道他们在浴缸里时发生了什么事，或者是去了哪里，又或者他们在打开活板门之前做了什么。因此，她觉得有些不安。

# 4

艾梅干这一行已经三年了。之前，她住在盐湖城机场航线下方的一间有家具的月租公寓里。她很空虚，似乎有什么东西在她的身上咬了一个洞，已经感染了。

犹他州州立博览会上有一场猴子秀。她突然想去看看。随后，不知为什么，她走到摊主旁边，说："我想把他们买下来。"

他点了点头，卖给了她。售价只有一美元。他说四年前他也只花了一美元买下了这些猴子。

等到文件签署完毕，她问道："你怎么能就这么离开他们？他们不会想你吗？"

"你以后会明白，他们都非常独立，"他说，"是的，他们会想念我，我也会想念他们。但是现在是时候分别了，他们懂的。"

他冲着新婚妻子微笑着，那个小个子女人手臂上挂着一只青腹绿猴。"我们准备好了一座花园。"她说。

他说得没错，猴子们很想他，但也很欢迎她。走进这辆已经属于她的巴士的时候，每只猴子都与她礼貌地握了手。

## 5

艾梅拥有车龄19年的旅游巴士一辆，里面安装着大小不一的笼子，最小的只有鹦鹉笼大（给青腹绿猴准备的），大的有皮卡后斗那么大（给猕猴准备的）；两堆关于猴子的书；缝纫机一台；工装裤和T恤一堆；几年前的旧海报一摞，上面还写着"24只猴子！直面无底深渊！"；破沙发一个，蒙着绿色的方格沙发罩；男朋友一名，帮她照料猴子。

她并不清楚自己为什么会有这些东西，包括那个叫杰弗的男朋友。他们是七个月前在比林斯认识的。其他东西艾梅更不知道都是从哪里来的。她希望所有事物都可以理解，但并不相信这一点。

艾梅的巴士里面闻起来好像……装满猴子的车里会是什么味道，你能想到的。不过演出结束，所有猴子消失在浴缸里之后，返回巴士之前，车子里也会有肉桂的味道。艾梅偶尔会喝肉桂茶。

## 6

演出的时候，猴子们会演演杂技，穿衣打扮一下，表演大片里的场景。《黑客帝国》最受欢迎，其他演出的时候猴子们穿得仿佛小兽人似的节目也挺火的。一只叫庞戈的雌性老僧帽猴有时穿着红夹克，手持小鞭子和小椅子，跟那些长着鬃毛的猴子们——比如狮尾猴和疣猴——一起表演驯狮。那只黑猩猩（名字是咪咪，对，她不是猴子）会变戏法。她可能水平不是很高，但她表演的"黑猩猩从你耳朵里掏出硬币的戏法"肯定是全世界上最棒的。

猴子们会用木椅和绳子搭建吊桥，制作四层香槟喷泉，还会将名字写在白板上。

猴子秀非常受欢迎，今年，他们已经在中西部和大平原地区的博览会和节日庆祝活动上排了127场。本来艾梅可以排更多场的，但她想在圣诞节期间休息一段时间。

# 7

艾梅穿着闪闪发光的紫黑色连衣裙,仿佛一个穿着长袍的魔法师。她站在一面缀满星星的亮蓝色幕布前。猴子在她面前排成一列。她说话时,猴子们会脱下衣服,小心折叠整齐,放在一旁。泽布坐在一边,一盏白色的聚光灯直射下来,给他罩上了一层阴影。

她举起手来。

"这些猴子让您笑得喘不过气来,为您创造了奇迹,展现了奥秘。不过接下来,他们将会为您展示最后一个奥秘,也是我们最神奇、最伟大的奥秘。"

她突然张开双手,幕布变成了透明的,拉了上去,露出了台上的一只浴缸。她绕着浴缸走了一圈,手沿着缸沿的曲线滑过。

"这是一只浴缸,很普通,无论从哪个角度讲都很普通。稍后我会邀请观众上台检查一下。

"但是对猴子来说,这是一个魔法道具。它可以让他们旅行到……一个未知的地方。就算我……"她暂停了一下,"也不知道他们去了哪里。只有猴子们知道,但他们不愿分享这个秘密。

"他们去了哪里？进入天堂，去了国外，甚至其他的世界，还是，某个黑暗的深渊？咱们无法跟踪他们。他们将在眼前消失，从这最普通的东西里消失。"

检查完浴缸之后，她告诉观众，这次节目不会展示最后的场面，因为几个小时之后他们才会从秘密旅行中归来。接着她让观众为猴子鼓掌。

# 8

艾梅的猴子包括：

两只合趾猿，他们是一对。

两只松鼠猴，不过他们太活跃了，感觉像是有四只似的。

两只青腹绿猴。

一只长尾猴，她可能怀孕了，不过现在还不敢确定。艾梅并不知道这是怎么回事。

三只恒河猴，他们偶尔会玩杂耍。

一只雌性老僧帽猴，叫庞戈。

一只黑冠猕猴，三只日本猕猴（其中一只还很小）和一只爪哇猕猴。尽管他们并不是同一物种,但凑在了一起,他们喜欢一起睡觉。

一只黑猩猩,其实她并不是猴子。

一只坏脾气的长臂猿。

两只绢毛猴。

一只金蓬狨,一只棉顶狨。

一只长鼻猴。

一只红疣猴和一只黑疣猴。

泽布。

# 9

艾梅认为泽布可能是德氏长尾猴,不过他已经老了,毛发都掉光了。她对泽布的健康状况非常担心,但他坚持要上台表演。目前为止,他真是很喜欢最后冲到浴缸里的过程,对他来说,那仿佛一次漫步。其余的时间里,他坐在一把漆成橙色和银色的凳子上,看着另外的猴子,仿佛剧院的老经理在舞台侧面看《天鹅湖》。有时候,她会让他拿一些东西,比如让松鼠猴跳的银圈。

## 10

没人知道猴子是如何消失的,还有他们去了哪里。他们回来的时候,可能会拿着外币或是榴梿,还可能穿着尖头摩洛哥拖鞋。时不时就会有谁怀孕了,或是手里牵着一只陌生猴子。猴子的数量并不是恒定的。

"我还是不明白。"艾梅不断地这么问杰弗,就好像他有什么想法似的。艾梅一直都是这样,什么都不去多想。她的生活没有任何确定性,猴子们相处得很好,而且懂得如何表演纸牌戏法,出现在她的生活中,然后从浴缸中消失;这所有的一切,她身处其中,却都不过是随波逐流而已。偶尔,要是她感觉自己的生活仿佛一个轮子,滚下了长长的山坡而无法刹车,她就会翻来覆去地思考这个问题。

杰弗比艾梅更加相信这个世界。"你可以去问他们。"他说道。

## 11

艾梅的男朋友杰弗不太像艾梅心目中男朋友该有的样子。首先,他比艾梅年轻15岁,他28岁,她43岁。其次,他话不多。最后，他相貌英俊，有一头齐肩的秀发，还扎成了马尾，坚毅的下巴总是刮得干干净净。他总是面带微笑，但很少捧腹大笑。

杰弗有一个创意写作大学毕业证，这意味着，艾梅在蒙大拿博览会上遇到他时，他正在一家自行车维修店工作。通常，演出之后艾梅没什么事情可做，所以他问能不能请她喝杯酒的时候，她同意了。凌晨四点，他们在车里依偎在一起，猴子们很自觉地离开他们去睡觉了。

吃过早饭，猴子们一个个走了过来，庄重地和杰弗握手，也就是说，他就算加入组织了。艾梅帮他收拾好了行李，一台照相机，几件衣服，还有一个冲浪板，是他姐姐送他的圣诞节礼物，上面还有姐姐亲手画的画。车子里没有地方放冲浪板，所以就把它挂在了天花板上。有时，松鼠猴会跑到那里，躲在板子边缘四下张望。

艾梅和杰弗从不谈论爱情。

杰弗拥有C类驾照，但这只是个赠品。

# 12

泽布快要死了。

一般说来，猴子们都相当健康，偶尔有个鼻窦炎或者肠胃病，艾梅自己就可以处理。对于更困难的问题，她会在网络社区或是专家那里请求帮助。

但是泽布近来有些咳嗽，他最后的毛发也快掉下来了。他的行动非常缓慢，有时候连很简单的工作都记不住。六个月前在圣保罗表演的时候，科莫动物园的动物学家来到了猴子们身边，称赞她把猴子们照顾得很好，还在她的要求下，给泽布做了检查。

"他多大了？"动物学家吉娜问。

"我不知道。"艾梅说。那个把猴子卖给她的人也不知道。

"那我要告诉你，"吉娜说，"他老了。真的非常非常老了。"

老年痴呆，关节炎，心脏杂音。吉娜说不知道他还能撑多久。"作为一只猴子，他很幸福。时间到了他就会走了。"

# 13

对此，艾梅想了很多。要是泽布死了，会有什么后果呢？虽然每次表演，他都平静地坐在那把醒目的凳子上。不知何故，她觉得他是猴子们保持友好和聪明的核心。她也一直认为，是他让猴子全部消失并返回的。

一切事情都有原因，不是吗？因为假如有某件事情没有原因，比如你是怎么生病的，或者你的丈夫怎么不爱你了，或者爱你的人怎么死了，那么所有事情也都没有任何原因了。所以其中肯定有某种原因。所以猜泽布是这一切的根源是个不错的想法。

## 14

艾梅喜欢这种生活。

这并没有什么意义。她并不会固定住在哪个地方。她的整个世界只有12米长，127场猴子秀，还有目前的26只猴子。这种生活很容易控制。

博览会也没什么意义。她的小世界在一个更大的世界里漫游，也就是那些完全相同的博览会。有时，艾梅到她所在城镇的唯一的理由是夜间的温度和地平线的形状：荒地，山脉，平原或天际线。

博览会与钛制膝盖一样，都是人造的：狂欢节，养殖场，马车赛，音乐会，焦糖、漏斗蛋糕和动物的气味。一切事物都显得过于美好，好得虚假——无论是美味的食物，可爱的宠物，还是嬉闹的朋友。所有的一切都与艾梅曾经居住的世界，这些人所经过的世界无关。

她认为杰弗就像其余事物一样的：是暂时的，没有意义的。和他在一起并不是因为爱。

## 15

以下种种都可能使艾梅的生活崩溃：

A.她在几年前摔断脚踝，骨头感染了，将近十个月都得拄着拐杖，而且还疼了很长时间。

B.她的丈夫爱上了女上司，要和她离婚。

C.她被老板炒了，而与此同时，她发现妹妹患上了结肠癌。

D.她有阵子犯傻，做出了一系列错误的选择，最后独自住在她在地图上随便选的一座城市的出租公寓里。

没有什么事情是确定的。你可能会失去一切。最后，就算在最走运的时候，你也可能突然去世了，然后你还是会失去一切。在某个年纪，或者在突然失去某样东西或者某个人的时候，艾梅会觉得痛彻心扉，有种这世界暗无天日的感觉。

## 16

艾梅研究了好一阵子，所以她知道这些事情有多么奇怪。

笼子上面没有锁，与其说是笼子，不如说那是猴子们的卧室，是他们用来存放个人物品的地方，或是他们避开其他猴子，享受隐私权用的个猴空间。实际上，他们经常在巴士上自由活动，或者在周围的破烂的草坪上玩耍。

现在，三只猴子正坐在床上玩一个彩球配对的游戏。其他猴子正在扯毛线，或者在地板上滚来滚去，或拿着螺丝刀戳木头，还有的在艾梅、杰弗身上和沙发上爬来爬去。一些猴子拥在电脑周围，上视频网站看小猫视频。

黑疣猴在小厨房的桌子上堆儿童积木。这套积木是他几个星期前从"外边"带回来的，自那以后，他一直想拼一座拱桥。两周时间过去了，艾梅一直在向他展示拱顶石是怎么回事，但他仍然没有弄明白。不过他一直在努力。

杰弗正在大声对着僧帽猴庞戈读小说，庞戈也盯着书页，好像她也在读似的。有时候，她会指着一个单词，用如水的眼睛望着杰弗，杰弗笑着看看她，又读了一遍这个单词，还拼了一遍。

泽布在笼子里睡大觉。黄昏时分，他爬了起来，拍了拍他的毯子和布娃娃，把身后的门关上了。最近他总是关门。

## 17

艾梅会失去泽布，然后呢？其他猴子又会如何呢？26只猴子很多，但他们挺喜欢彼此的。除了动物园或马戏团之外，没有人可以养这么多只，她也不认为会有其他人能让他们睡在他们喜欢的地方，或是让他们用电脑看小猫视频。如果泽布不在了，晚上，他们再不能穿过浴缸，进入神秘之境，那他们会去哪里呢？她甚至不知道，那是不是自己在胡思乱想？

艾梅呢？她会失去这个安全的人造世界：巴士，相同的博览会，无意义的男朋友，猴子。然后呢？

## 18

在她买下这群猴子几个月之后，有一次她在最后一个节目上跟着猴子们一起爬上了梯子。泽布蹿上梯子,站到了浴缸里,开始吸气准备大吼。她跟着跑了起来。她瞥见了浴缸的内部,猴子们整齐地塞了进去。不过意识到了她的动作,他们争先恐后地给她让出了空间。她跳进了他们为她留出的空间里,紧紧地蜷缩了起来。

事情的发生只有一瞬间。泽布吸足了气,大声叫了起来。灯光一闪,她听到链子松开的声音,感觉到浴缸向下一歪,猴子在她身边不见了。

她独自从三米高的空中摔了下来。砸到舞台上的时候,她扭伤了脚踝,但还是挣扎着站了起来。猴子们消失了。

台下一片尴尬的沉默。这是她最失败的一场表演。

# 19

艾梅和杰弗在萨莱纳博览会上散步。她饿了,但又不想做饭,所以他们正在找卖四块五的热狗和三块两毛五的可乐的地方。杰弗对艾梅说:"为什么咱们不进城?吃点儿真正的食物。像普通人一样。"

所以他们出发了,来到了一个叫伊琳娜别墅的地方,点了意大利面和葡萄酒。"你总是在问他们为什么会消失。"

一瓶半下肚之后,杰弗说。他的眼睛是阴翳的蓝灰色,但在这里的光线下,它们显得很黑,很温暖。"我不认为咱们能发现究竟发生了什么。但是我觉得这不是真正的问题。也许问题是,为什么他们会回来?"

艾梅想着外国硬币,木块,那些他们带回来的好东西。"我不知道,"她说,"他们为什么回来?"

当天晚上,在巴士上,杰弗说:"无论他们去哪里,这都很酷。但是我的理论是这样的:他们喜欢自己去过的地方,这是肯定的。但这是他们的家。每个人迟早都会回家的。"他指着拥挤的汽车和里面杂乱的玩具和工具。两只猕刚刚进来,他们坐在小厨房的桌子上,挤在一起研究着他们新到手的小玩意。"如果他们有家的话。"艾梅说。

"每个人都有家,只是有些人不相信自己有。"杰弗说。

## 20

那天晚上,杰弗蜷缩在一只猕猴身旁睡着了,艾梅跪在泽布的笼子前。"你可以让我看看吗?"她问道,"离去之前一定要告诉我。"

现在，泽布是他那浅蓝色毯子下的一个不规则的隆起，不过他还是轻声叹了口气，从笼子里慢慢地爬了出来。他用自己温热粗糙的爪子抓起了她的手，与她一起走出了车门，走进了夜色。

停放拖车和巴士的停车场上很安静，只有发电机的嗡嗡声，窗帘后面还传来其他的声音。晶莹的星星散落在蓝黑色的天空中。月光直射在他们身上，却把泽布的脸留在了阴影中。他望望天空，眼神深不可测。

浴缸在后台，已经放在移动台座上等待下一场演出了。整个空间几乎全是黑的，只有几个红色的出口标志，还有一盏钠蒸气灯亮着。泽布把她带到浴缸那里，让她的手抚过狮脚浴缸边缘冰冷的曲线和狮爪，向她展示了被隐约照亮的内部。

然后他爬上台座，跨过了浴缸边缘。她站在他身边，向下看着。他抬起头来，大叫一声，然后突然消失了，浴缸是空的。

她看见了，他消失了。刚才他还在那里，突然就不见了。但其他什么都没看见，没有门，没有闪光，也没有空气填满这块真空区域时发出的嘭的一声。这仍然无法理解，但泽布的答案就是如此。

她回到巴士上的时候,他已经先到一步,埋在毯子下睡着了。

## 21

后来有一天,大家都在后台。艾梅正在整理她的妆容,杰弗正在仔细检查一切。猴子整齐地在更衣室里坐成一圈,似乎是想要让闪亮的背心和裙子不起皱。泽布坐在中间,旁边是穿着小亮片外套的庞戈。他们哼了一声,然后向后一仰。一个接一个地,其他的猴子向前爬,先握了握他的手,又握了握她的。她点点头,就像花展上的小女王。

那天晚上,泽布没有爬上梯子。他留在了凳子上,最后一个爬上梯子,最后一个进入浴缸,发出一声大吼的是庞戈。艾梅错了,泽布并不是猴子们的核心,她原本一直以为是这样,以至于这次她错过了所有的时机。但是杰弗没有错过,当庞戈叫的时候,他喷出了闪光粉。光芒一闪,浴缸空了。

之后,泽布站在他的凳子上,像一名乐队指挥一样鞠躬谢幕。幕布最后一次降下,他举起双手。他们回到巴士上,艾梅抱着他。杰弗用手臂搂着她们俩。

那天晚上，泽布睡在床上，在他们中间。她早上起床时，他拿着自己喜欢的玩具回到了笼子里，再没有醒来。猴子们聚集在笼子边向里望着。

艾梅哭了一整天。"没事的。"杰弗说。

"不是因为泽布。"她啜泣着。

"我知道。"他说。

## 22

浴缸魔术的窍门是这样的：其中没有什么窍门。猴子来到舞台上，爬上梯子，进入浴缸，然后消失。这个世界充满奇怪的事情，无法理解的事情，也许这是其中之一。也许猴子们选择不分享这个秘密，这很酷，谁也不能怪他们。

他们是如何发现其他猴子，然后找出一种方式来共同分享，也许这是猴子们的谜。也许艾梅和杰弗真的只是猴子世界中的过客：他们在那里待一会儿，然后就离开了。

## 23

六个星期之后，一个男人走到艾梅跟前。当时，她的表演刚刚结束。他很矮，肤色苍白，秃顶。他仿佛被从里面挖空了，一副炮弹休克症的样子。"我需要买下这些猴子。"他说。

艾梅点点头。"我懂。"售价还是一美元。

## 24

三个月后，艾梅和杰弗在比灵赫姆的新公寓里见到了他们的第一名过客。他们听到冰箱关门的声音，来到厨房，发现庞戈正在那里倒橙汁。他们送她回家，还送了一副皮纳克尔纸牌作为礼物。

---

凯伊·约翰逊，美国科幻作家，著有三部长篇小说和五十多个短篇，曾从事出版工作，多次获雨果奖、星云奖、斯特金奖。

本篇获2009年星云奖、轨迹奖、雨果奖最佳短篇小说奖提名，同年获世界奇幻奖、阿西莫夫读者选择奖之最佳短篇小说奖。

---

## 名师大语文

### 名师导读

小说由24节简短的章节组成，给人一种小时候听人讲述神奇故事的感受。

世上到处都是奇怪的事情，到处都是不合情理的事情，也许此事就是其中之一。女主人公以淡然的态度看待生离死别。女主人公艾梅的小世界在一个更大的世界里漫游。她在空虚的生活中买下了一个有26只猴子的神奇马戏团，猴子们会表演突然从一只浴缸里消失的把戏。没有人知道猴子们去了哪里，但是这些猴子之后总会自己回来。艾梅心里的空洞似乎随着猴子们一次次的神奇表演而渐渐被填满。

### 四维空间

爱因斯坦的相对论中提到了一种新的空间结构——四维空间，

它在我们传统的三维世界——长、宽、高之上又增加了一维时间轴。传统的三维空间理论中,我们可以给任何物体以一个相对参照系内的坐标,以标明它的空间位置,就像它所在位置相对于原点的长宽高一样。但是在此之上再加一维,它就变得有点难以理解了。爱因斯坦给我们留下了足够的想象和探索的空间。

## 尺缩钟慢

根据爱因斯坦的狭义相对论,当物体的运动速度接近光速时,物体本身的时间会迅速减慢、在运动方向上的长度会迅速缩小;如果物体的运动速度等于光速时,时间就会停止、空间就会坍缩为点,也就是说出现零时空。假如物体能以超越光速的速度移动时,时光将会倒流。

只有零静止质量的物体才能达到光速。而有质量的物体速度无法超越光速。

## 思维拓展

浴缸不仅是重要的道具,也有很强的象征意义——速度。浴缸戏法的窍门是没有窍门。至于表演者——猴子们,他们是如何找到其他提出疑问并且愿意尝试新事物的猴子，然后摸索出一种方式，聚在一起的呢？他们有不愿与人分享的奥秘。也许在猴子们的世界里，艾梅和杰弗才是过客。

没有什么是确定的。任何东西都可以失去。即使运气再好，终归也难逃一死，那时也还是会失去一切。艾梅这种残缺的忧伤有一种独特的魔力，当你处于一定年龄时，当你失去了某人、某事或某物时，它就显得极其合情合理。

人，似乎天生就是一种好奇的动物，强烈的好奇心也是人类社会发展的重要推动力。你在看魔术师表演的时候会不会非常好奇他是怎么做到的呢？故事中的这个魔术非常值得你去一探究竟，或许你没有办法马上找到魔术的秘密，但不要着急，相信未来你会给它一个合理的解释。

# 九万马力

[澳]肖恩·克里斯托弗·麦克马伦/著
仇春卉/译

19世纪最后一个六月的最后一天,沃尔特·谢尔顿在约克郡向他父亲报了仇。从那天起,我就一直问自己这个问题:大仇得报却又无人知晓,这复仇算是成功了吗?整件事情只有我一个人知道,而我又被迫保持沉默,所以从1899年到1943年间,我没有向任何一个人提起过沃尔特凭着满腔爱与恨所创造的这个奇迹。后来,我掌握的这个秘密关系到英国,甚至可能全世界的命运,我才终于打破沉默,道出真相。

这个人有资格来探访我——单凭这一点，我就知道来访者一定是一个重要人物。我当时在布莱奇利庄园①工作，这地方的一切都是最高机密，因此，哪怕某个人仅仅是知道它的存在，就可能被杀了灭口。他们称他为埃德温中校，然后我们被单独留在一间安全的小屋里，没有第三方在场监视。这个安排越发让我意外，因为在布莱奇利庄园工作的人会见外来访客时，向来都是在监视之下。来人三十多岁，没有穿军装，谈吐相当得体。

"夫人，呃，克莱蒙特教授，你一定非常好奇我的来意——"他刚开始说，我就挥了挥手，让他打住。

"你知道我是谁，并且你还能活着走进布莱切奇庄园，可见你是一个非常重要的人物。"我说，"你很可能是丘吉尔首相战时内阁的成员。"

"教授！你怎么——"

"你来这里绝不是谈破解德军密码的，因为这类事情有既定渠道去沟通。所以我想问，你来这里有何贵干？"

他有点吃惊。因为那个年代背景下即使我这样的女性

---

① 布莱奇利庄园（Bletchley Park），二战时期英国政府破解敌国密码情报的地方。

也被要求在位高权重的男人面前表现得更服帖。

"是R.V.琼斯博士把你的名字告诉我的——"他正说着,又被我打断了。

"是雷金纳德,没错,1939年他在这里工作过。他这人挺幽默的,而且思维敏捷。这么说来,你还是想商量破解密码的事情了?"

"这个,其实不是的。1931年,你在牛津举办了一次客座讲座,琼斯博士也去旁听了。当时你讨论了一部德国电影《月亮上的女人》当中涉及的科学技术。你通过计算,证实了电影里面描述的火箭在现实中确实能飞上外太空。"

"这件事我记得很清楚。赫尔曼·奥伯特和威利·雷设计了那支火箭,纳粹吓坏了,还以为德国的军事机密泄露了,连忙派人销毁火箭模型,又回收了电影胶片。可惜太迟了。他们其实是欲盖弥彰,对吧?"

"这么说来,大型火箭真的有可能实现喽?"

"是的,只要有使用液态燃料的发动机组就可以了。其实,同样原理的小型火箭已经试飞过了。"

"小型火箭?就像玩具一样吗?"

"中校,你说'玩具'?那些'玩具'是在19世纪20年代和30年代早期制造的,当时德国在这方面的研究就已经非常先进了。自从纳粹掌权之后，德国再也没有传出火箭研究方面的消息。现在已经是1943年了，你说他们在这十年里面已经取得了多大的进展？"

"也就是说他们在火箭领域很可能早就领先于我们了？"他皱起眉，问道。

"我们望尘莫及。"

我的访客看来深受打击。他掏出一块手帕在前额点了几下，在自己的笔记本上记下一些笔记，然后再次抬头看着我。

"英国最顶尖的火箭专家是谁？"他问，"我在哪里能找到他？"

"不是他，而是她。她正坐在你面前。"

"噢，这个……你做过哪些实验？"

"我三番五次地申请研究经费，却总是被拒绝。后来有一位顶着爵士头衔的小丑建议我去找飞侠哥顿[①]要钱，于是我就放弃了。"

这时候，这位访客脸上的血色已经褪尽。在火箭学领

---

[①] 飞侠哥顿（Flash Gordon），同名科幻漫画的英雄主角，始创于1934年。

域，英国确实被德国人打了个措手不及。

"克莱蒙特教授，请你接受我最诚挚的道歉。"他说，听起来语气很诚恳，"请你给我一个星期去疏通关系，我会为你设置一间实验室、由工程师和科学家组成的团队、一笔充足的预算，然后——"

我再次挥了挥手，让他打住。

"中校，我正在研制电子计算设备，加速破解德军的密码情报。就在我们谈话的同时，这项工作正在拯救千千万万的生命，在帮助我们国家打赢这场战争。你真的觉得布莱奇利庄园会放人吗？"

我的访客无言以对，只是皱着眉头写下另一段笔记。我怀疑在这个星期之内，某位顶着爵士头衔的重要人物会被调去洗厕所和扫地了。

"这么看来，我今天能获得你一小时的接见，实在是幸运之至了。"他说着，把两个手肘支在桌面上，用双手揉着疲倦的面部。然后他瞥了一眼手表，"好吧，我得好好利用剩下来的55分钟了。我们收到情报，说德国人正在研究一种特大型的导弹，试飞地点在波罗的海沿岸。我派人去获取照片证据，结果在这里。"

说完他把一个信封递给我。这两张照片各自标注着日期：1943年6月12日和23日，照片上有黑色墨水画出来的圆圈。我仔细查看圆圈里模糊但外形规整的物体。

"这些确实是火箭。"我说，"它们有多大？"

"大约12米长，都安置在载重30吨的拖车上。"

我惊讶地眨了眨眼睛。这尺寸听起来怎么那么熟悉呢？

"这么说它们可以载着一吨炸药飞行320千米。"我不假思索地回答。

中校倒抽一口气，张开嘴巴怔怔地看着我。我微笑着点了点头，他连忙把我的估算记下来。

"他们告诉我，说你的心算能力简直是惊人。"

"我没有做心算。"

"那你怎么能确定负载和航程呢？"

"因为我见过一支类似的火箭。"

"什么？你在说笑吧？这些照片是在佩讷明德拍的，那是德国最秘密的研究基地之一！"

"我是在1899年看到那支火箭的，地点是约克郡。"

这回中校露出如释重负的微笑，往后靠在了椅背上。

"原来你真的是在开玩笑。"他说。

"我从来没有这么认真过，中校。照片里这些火箭的技术已经通过检测，是非常非常危险的武器。你必须马上派空军轰炸佩讷明德。"

他脸上的微笑瞬间消失了，整个人重新向前靠过来。

"佩讷明德深入敌后将近1000千米，所以我们必须动用整个轰炸机司令部的兵力，通过突袭去炸毁佩讷明德，而且只有一次机会。"

"我知道，你们肯定会损失惨重。"

"在提出这个建议之前，我必须先掌握充分的证据。"

"我可以把具体数值和详细运算过程都交给你。"

"克莱蒙特教授，我要说服的是战时内阁，所以我需要一些简单明了的证据。你说早在1899年就有人在约克郡制造出这种火箭了，请问有证据吗？比如说档案、设计图或者相关设备？"

"所有那些东西都没了，中校。不过我可以告诉你一个故事，这个故事应该能够说服你。可这也是一件非常隐私的事，如果你胆敢向任何人泄露半句，我就在布莱奇利庄园这里罢工，直到你被架到一堵墙前枪毙为止。我在这里的工作具有极高价值，对于我们敬爱的丘吉尔首相来说尤其如此。所以，在你回答之前请三思。我的条件都说清楚了吗？"

我和他四目相对，陷入一阵尴尬的沉默之中。他终于意识到我确实是说真的，于是低头看了一眼手表。

"教授，我只剩下52分钟了。我庄重起誓，一定会保守秘密。请你开始吧。"

我其实来自波兰的西里西亚地区。我父亲一天到晚就热衷于用炸弹摧毁公共纪念碑，算是向那些强占我们家园的德国佬传达自己的政治宣言。有一天，他被一个劣质计时炸弹炸死了，我在警察来调查之前溜掉了——我是很擅长逃跑的。我在欧洲游荡了几个月，最后来到英国，还伪造了证件。我自称珍·史密斯，是一名失业的教师。因为我还有很高的语言天赋，并能模仿各种口音，所以人们都相信我。

有一段时间我在牛津工作，私下给那些没脑子的富二代做家教。我甚至还梦想着终有一天会获得正式的教职呢。然后有一天我收到一封信，邀请我去一间本地的律师行——"克里普斯与科斯迪根律师事务所"开会。刚开始我当然是胆战心惊了。难道警察终于追踪到我了吗？他们会不会以"危险分子"或者"非法移民"的罪名逮捕我呢？我确实被发现了，可是发现我的人并不是警察。那些律师是受雇寻找一个有科研背景、来历可疑的女人，于是他们找到了我。结果，就跟现在一样，我被安排在一个单间里，孤零零地面对着一个陌生男人。他自称罗斯林大人，是一间铁路工程公司的老板。然后他从口袋里掏出一把手枪，放在我们之间的桌子上。

"不要紧张，珍·史密斯，或者是玛丽·多布林斯基，或者是你的随便哪个自称。"他镇定地说，"这枪不会用在你身上，除非你把我接下来要告诉你的话泄露出去。"

"我知道你在威胁我，我也很擅长保守秘密。"我答道。这句话半点不假。

"好，那我们就开门见山吧。我的儿子沃尔特和我关系不和，因为他爱上了一个名叫伊丽莎白的貌美平民，而我要他娶一位门当户对的贵族女子。沃尔特本来是很固执的，可是后来他发现伊丽莎白竟然是小偷。她施展美人计，混进我们在伦敦的大宅里偷取金银珠宝。她被抓进了监狱，这弱不禁风的小贼，熬了几个月就死掉了。沃尔特深受打击，最终答应跟我选定的女子卡洛琳结婚。本来一切都很顺利，可是在婚礼当晚，轮到他发言时，沃尔特突然掏出一封律师函，当众读出来。这封信列举了证据，证明伊丽莎白是被人陷害的。因为就在几天前，一个小偷被抓获，警方在他的贼窝里找到了我太太丢失的首饰。"

"我能想象当时的情形。"我说道,竭力显示出同情的样子。

"不,你想象不到当时有多糟糕。沃尔特歇斯底里地大叫大嚷,说他对伊丽莎白的爱如何如何纯粹、如何如何不朽,又恶毒诅咒抓她进监狱的人。在出席婚礼的嘉宾里面,有三位在王位继承顺位名单上排名前十二;其余嘉宾的家业加起来能买下整个约克郡。当时,我家族的荣誉危在旦夕,所以等沃尔特被制服后,我马上站起来控制局面。一方面,我以悲恸的情绪打动在场的人;另一方面,我用钱去还死者一个清白。我承诺在西敏寺为她举行葬礼,再重新把她厚葬在我们的家族墓园,并且在各大报纸上刊登一整个版面的讣告;而且我还会买一个庄园送给她的父母和兄弟姊妹。"

"钱能通神啊。"我说,"可惜我向来都缺钱。"

"钱能通神,却通不了沃尔特。他的状况开始恶化,我就像看着那个斯蒂文森[①]笔下杰基尔博士和海德

---

① 罗伯特·路易斯·斯蒂文森,19世纪苏格兰作家,英国文学新浪漫主义代表之一。代表作是文中提到的、讲述多重人格的《化身博士》。

先生①的故事成为现实。本来沃尔特是一个耽于幻想但才华横溢的学者，现在却变得莽撞、粗鲁，甚至有暴力倾向。当他提出掌管我在约克郡的蒸汽机车厂时，我答应了，因为我以为他打算努力工作，分散自己的注意力。我开出的条件是他必须竭尽所能让我们家族的姓氏流传后世。"

"你的意思是传宗接代吗？"

"你这样说就太直白了，不过没错，就是传宗接代。沃尔特是我的独生子，也是我抱孙子的唯一希望。可是他埋头研制一种新型的蒸汽火车，还绝对保密。他的开销极大，而且工厂还发生了一系列爆炸事故，夺走了五条人命！我要你去查探我儿子在干什么，是纯粹浪费我的钱呢，还是真的在做什么项目。"

我终于知道他要我干什么了，其实我心里暗暗高兴着呢。间谍这份职业虽然危险，却能赚很多钱。危险对我来说又不算什么新鲜事儿，可是钱嘛，当然是多多益善。

"他这个人很难接近吗？"我问道。

"很难！我已经派了好几个特工去沃尔斯福德丘陵镇，扮成工人做卧底，却都被他揭穿了。沃尔特把他们痛打一

---

① 杰基尔博士（Dr. Jekyll）与海德先生（Mr. Hyde），出自《化身博士》。

顿，然后扔上回伦敦的下一班火车。现在他家里有一个女佣辞职了，我要派你去顶替。你对蒸汽机车有多少了解？"

"这一百年来，大部分蒸汽机车的基本原理都没有变过，还是利用蒸汽的压力推动活塞，让轮子转动。两年前，一个名叫帕森斯①的人发明了一种蒸汽涡轮发动机，据说大大提高了效率。"

"这么看来，你是一个比我预想的还要合适的人选。沃尔特密谋着把蒸汽涡轮发动机安装在火车头上，还宣称把石蜡和液态空气混在一起燃烧的话，会产生不可思议的能量和效率。你了解液态空气吗？"

"就是液态氧气的通俗说法。"

"沃尔特还用我的钱在唐卡斯特镇买了一间工厂。他把生产线一分为二，这样一来就没有人能看清全局，不知道他到底在干什么。你的任务就是纵览全局，看清楚他到底在做什么。"

"你一直没提起我的报酬。"我指出，"按照我的经验，像我这种女人总是被人利用之后就一脚踢开，最后什么也

---

① 查尔斯·阿尔杰农·帕森斯（Charles Algernon Parsons），爱尔兰工程师，是蒸汽涡轮发动机的发明者。

得不到。"

罗斯林大人按了一下铃，律师行的一个职员端着一个绿色的铁盒子走进来。盒子里面装着一个名叫露易丝·克莱蒙特的女人的身份证明文件，而这正是我连做梦也想得到的身份啊！她是一位法语老师的女儿，获得过一系列奖学金，还在巴黎大学获得了学位。文件里有些纸张被故意做旧过，揉得皱皱巴巴的。文件上面的印章看起来是真的。

"你可以变成这个女人。"罗斯林大人说。

"这些文件，简直是绝了！"

"你是唯一符合我所有要求的女人，所以我愿意对你慷慨一点。可是如果你贪得无厌的话，我绝不会放过你！"

"如果我不答应的话，你也不会放过我，对吧？"

罗斯林大人默不作声。

"好吧。"我叹了一口气，"我什么时候开始？"

"你今天就出发去沃尔斯福德丘陵镇。你以前做过清洁工人吗？"

"清洁工是我的专长之一。"

"好，那么你应该知道做什么和怎么做。一个月后我会去沃尔斯福德丘陵镇视察，到时候你把你的发现向我汇报。"

"我什么时候能拿到这些文件?"

"等你完成任务之后。"

我坐火车到达唐卡斯特镇,却只能步行去沃尔斯福德丘陵镇。通往庄园和工厂的铁路都是私人的,所以没有定时往来的公共交通。笔直的铁轨像一条光柱,公路就伴在铁路旁边。我一边走一边数枕木,发现从唐卡斯特镇的液态空气厂到庄园正好8千米。后来有人告诉我,这段铁路还会继续延伸16千米,终点处什么也没有。24千米长的笔直的私人铁路,暗示沃尔特正在研发一种特别快速的东西。

步行去沃尔斯福德丘陵镇,给我一个机会慢慢地观察,给这地方构建一个初步的印象。庄园大宅属于乔治四世时代修建的哥特复兴风格,从其外观的磨损程度来看,起码有一个世纪的历史了。工厂在庄园附近,周围建了许多小木屋和一间给工人住的集体宿舍。可是他们给我在大宅里安排了一个小房间。

我是在下午到达的,一安顿下来就马上开始干活儿。我先把大宅里积了几天的垃圾都清理了,然后继续去打扫位于工厂旁边一间小棚屋里的办公室。等我到达制图室的时候,已经是夜里,绘图员都下班了。这个制图室跟其他房间没什么两样。我干的活也仅限于打扫地板，四处掸灰尘，擦拭玻璃窗户，清空废纸篓，抹掉玻璃灯罩上的煤灰，还有擦亮反光板。

其实，我一边干活还一边察看绘图员正在画的草图以及上面标注的尺寸。他们画了好几个工程设计图，其中就包括涡轮泵。虽然我来这里才一天，可是我已经看出来，这间绝对不是一般的工厂。大部分图纸都是关于一种以液氧和石蜡为燃料的新式蒸汽涡轮发动机。我把相关的数据牢牢记住。有一种正在研发的小型锅炉，可以产生高压蒸汽，其气压之大，简直到了不可思议的程度。有一段潦草的笔记写道，这个小锅炉的作用是把燃料从主油箱里泵出来。问题是，什么样的发动机需要用20个大气压的压力来输送燃料呢？还有另外一个工程是关于主涡轮发动机的蒸汽室，它需要在14个大气压的压力下运行，这种压力相当于连续不断的锅炉爆炸所产生的威力。我很想把这些设计当作无稽之谈抛诸脑后，不过最后还是强迫自己保持思想开放，不要错过任何一种可能性。我把所有撕烂的碎纸和揉起来的纸团都从废纸篓里倒出来，带回自己房间仔细研究。然后我把它们带到厨房，一边跟厨师和帮厨闲聊，一边把纸团扔进炉子里烧毁。

第二天黄昏时分,我再次走进制图室,这回我碰上了沃尔特·谢尔顿本人。他一看上去就挺吓人的,穿了一身黑,连眼镜的镜片也弄成深色,这样别人就看不出他的眼睛到底往哪儿瞅。他长发披肩,头戴一顶大礼帽,帽子上还绣着一个骷髅头。他的指甲上黏着一些微型的银色小工具:螺丝刀、扳手、小刀,还有放大镜。我的本能反应是转身就逃,可是最后我不但没有逃,甚至连一声尖叫也没有。

"你识字吗,村姑?"他连招呼也不打就问我。

"不,先生。"

"给我读出来。"

他递给我一张报纸,我装出一脸的糊涂。

"我不识字啊,先生。你要赶我走吗?"

"不,不过要是你刚刚读出来了,我就要马上赶你走!这个房间里面的一切秘密绝不能外泄。你要做的就是扫地、掸灰、清洗、擦亮,但绝对不能识字!"

"我完全不识字啊,先生。"

"这可说不准。你明明接到命令,要把所有废纸都扔进这间办公室的壁炉里焚毁,除了脏水之外,任何东西都不许离开这间办公室。你接到这个命令了吗?"

"接到了,先生。"

他突然抓住我的手臂,拖着我穿过办公室,走到壁炉前面。然后他把我按得跪倒在地,揪着我的脖子往下压,将我的脸按在铁格栅前。

"这是什么?"他质问我。

"一个……壁炉,先生。"我结结巴巴地答道,心里真的害怕了。

"是一根头发啊,你这个该死的间谍女佣!这是我的头发,是我昨天故意放在格栅上的!这证明了自从我放上去后,这壁炉就没点过火!你把那些废纸团和草图都拿去干什么了?"

"我觉得浪费纸是不对的,先生,所以我拿去厨房的火炉烧了。不信你可以问厨师——"

"你都寄给我父亲了!"

"没有啊,先生,我什么也没寄,我连写字也不——"

我还没说完就被他一把甩到一旁。我刚刚站起来,他就从大衣里掏出一把镀银的左轮手枪。这把手枪的枪管被改装成一个镶着红宝石眼睛的龙头,张开的血盆大口正对着我。他用拇指把手枪的击锤向后扳,用另一只手指着地上的报纸。

"捡起来！"他喝道，"给我读！"

"求求你了，先生，我不会读啊。"

"不会？你是不愿意！读出来，我就把你赶走！不读的话，一枪打爆你的脑袋！"

"我真的不识字啊，先生！求求你了！"

当时我把头发盘在头顶上扎成一个髻，子弹就从髻里穿了过去。他肯定是故意的，要是他想杀我的话，以这么近的距离，绝不会射偏。我尖叫着转身就跑，沃尔特紧追不舍，还不停地开枪。我跑到铺着鹅卵石的院子里，一下子撞上了一个年轻的工人。他刚把我扶稳，沃尔特就从院门跑出来，手里还挥舞着那把手枪。

"快走开，汤姆·帕克！"他吼道，"她是一个间谍！"

"先生，请你把枪放下。"帕克一边说一边把我护到他身后。

"我是当场抓住她的！"

"上个月你开枪打一只鸽子，因为它在办公室窗外偷窥。再之前你又打死了一条狗，只是因为它溜进了工厂。我劝你现在把枪收起来，回屋子里喝一杯，冷静一下。"

"她说她不识字，她在撒谎！"

"你还认为鸽子也识字呢。快把枪放下吧，先生。"

"我决不允许间谍混进沃尔斯福德丘陵镇！"

"把枪放下，先生。"

沃尔特一枪打在汤姆双腿之间的空隙，子弹射穿了我的裙褶。我的保护神纹丝不动。我听到手枪的击锤又被扳开了。

"把枪放下，先生。"

"你被解雇了！你也是间谍！"

"很好，先生。不过请你记住，我既能读又能写，如果你不马上回屋子里冷静下来，我就写信把这一切都报告给令尊大人。"

"你去死吧！你们俩都去死吧！"

沃尔特谩骂着，转身大步走回办公室。在那一刻，我都已经准备好逃回牛津躲起来避风头，还没意识到我刚刚结交了一个新朋友。

汤姆·帕克带我走进工厂，告诉我厂里有一名护士和一间医务室。其实这厂房才是我最想去的地方，可是我努力不让自己显得那么迫不及待。我一边走一边观察，只见厂房里分隔成一个小型铸造车间和四个工作区，看起来不像是进行大规模生产的布局。我是一个数学家，所以我也认不全那些设备，可是我认得有些机器跟制图室里面的图纸是吻合的。我走进去的时候，他们正在测试一台蒸汽涡轮发动机。根据空气中的气味判断，这发动机的燃料似乎含有石蜡。

有一条铁轨一直铺进厂房里，铁轨上面放着一台名叫"长货车"的古怪设备。这东西名副其实，真的是又长又窄，其实就是把两节油罐拖车与一台平板车架拴在一起。看起来是临时搭建的，我心想，其实那两节油罐拖车上面的油罐是掩饰用的，这台长货车很可能是用来运载一件很长的东西。在长货车中间，有一个用油漆画出来的骷髅头像，还有"地狱火号"几个大字；其余部分——从转向架到油罐——全部涂成了黑色。我得出的结论是：他们要在夜里运送某样很长的东西。

护士给我和汤姆做了检查，除了我被薅掉了一些头发，裙子多了一个子弹孔以外，我们俩都安然无恙。

"我这算是失业了吗？"护士检查我头皮的时候，我问道。

"不用担心，亲爱的。那少爷脑子缺根筋，经常开枪打人。他就喜欢装得很凶，想把他父亲派来的间谍都吓跑。"

"可我不是间谍呀！多亏了好人帕克先生把他赶走，要不恐怕我就会被他开枪打死了。"

"小汤米?他确实是一个勇敢善良的男孩子,那么年轻就已经做火车司机了,我估计他不到30岁就能当上工头。"

我走出医务室的时候往四周看了一眼,只见在最近的一个工作区里,工人们正在铆接一个像我房间那么巨大的楔形物体。那东西拖着一些管线和电缆,外壳上只开了一扇窗户,就像独眼巨人的头盔。汤米本来在附近等着,现在向我走过来。

"小姐,请问你叫什么名字呀?"

"我叫珍,先生。"

"我是汤米,你跟我说话时不用称我'先生'。这工厂里面的东西,你都琢磨不透吧?"

"超过我身份地位的东西,我都不去琢磨,已经习惯了。"

"可是这样是不对的呀。"他诚恳地说,"你应该不断努力提高自己嘛。"

"我有努力呀,少爷。我努力工作,每个星期都攒点钱,存进一个真正的银行呢。"

"没错,这样做很好,可是这不算是提高自己。你一定要学会读书写字,还有数数。"

我咯咯地傻笑，羞涩地拍了一下他的肩膀。

"我只是一个清洁女工罢了，那些要用脑子的东西对我来说太难了。"

"有些努力是值得的，小姐。比如说吧，你知道你银行账户里面有多少钱吗？"

"呃，我不知道。可是银行的人会告诉我呀。"

"要是他骗你，你会知道吗？"

"不知道。可是他人很好，他应该不会骗我的，是吧？"

"果然不出我所料。好吧，我的小姐，你一定要学会读书、认字和数数。我来教你！"

我还没答应，他就捡起一块煤，开始在一张工作台上面画东西。

"这是一。"他说，"这是加号，意思是你用一个数字加上另一个数字。我们做一加一吧，你说结果是什么？"

"两个一，"我装出努力思考的样子，"噢！呃，是二！"

"看到了吧？"他大声说，看样子已经很高兴了，"你一直以来都懂简单的加法运算，只是你自己不知道罢了。现在你要努力更上一层楼才对。"

这是我一生中最难的一节课。作为一个对数列的归纳分析技巧进行过独创性研究的人，要在算术课上扮无知是很不容易的。不过我的演技还可以，起码能骗过汤米。下课后，他带着我离开工厂。在路上，一个工程师叫他过去。

"主人要我们今晚把长货车开回唐卡斯特镇。"他说，"要做更多的流量测试。"

"做那么多测试，可是那个大型涡轮发动机还是没影儿。"汤米说，"我猜是制造过程中出问题了。"

"我猜这东西根本就造不出来！把一台九万马力的发动机装进一辆运煤平板车？这违反大自然的规律。"

在接下来的一个星期里，汤米教了我一些读书、写字和算术的基础知识。虽然我竭力装笨，却肯定还是取得了惊人的进步。一开始我还以为他只是想找机会占我的便宜，可是他始终表现得像一个谦谦君子。星期六晚上，他邀请我去唐卡斯特镇的一个舞会，我们一直跳到午夜时分。童年在波兰时，我曾愉快地舞蹈过，而那以后已经好久没有这么开心过了！

每隔两三天，他们就会把一台传统蒸汽机车放在铁轨上，加速到极限。这些机车都是钢制外壳，流线型设计，最高时速超过150千米。由于行车线路从庄园和工厂前面经过，所以这些实验完全是公开的。我看了几次，没看出什么新的花样。

经过这几天的观察，我得到的印象是，沃尔特的实验是为了找到一种最适合高速行驶的机车形状。但是，这些实验机车看起来似乎不应该沿着铁轨行驶，而更像是为了飞上天设计的。我怀疑沃尔特是否想在不离地的前提下测试某种飞行方面的技术。这种做法不但合理，而且非常聪明，因为这样做实验可以避免撞毁。当然了，这么聪明的法子是由一个疯子设计的，不过这也不出奇，就算是疯子也有聪明的。

沃尔特是疯子，这是毫无疑问的。有一次，一群猎狐的人被他们慌不择路的猎物引进了庄园里。沃尔特手执一把李·恩菲尔德手动步枪就扑了出来。估计那帮猎人生平第一次发现自己成了猎物，看到气势汹汹的主人，他们顿时作鸟兽散，猎犬们也跟着狼狈逃窜。

"这帮家伙，为了刺探我的工厂，真是无所不用其极！"沃尔特骂骂咧咧地走回大宅。

显而易见，狐狸逃之夭夭了。

同时，我发现自己的房间不断被人搜查。虽然搜查的痕迹很细微，可是我作为一个狂热革命分子的女儿，是特别擅长发现间谍留下的蛛丝马迹的。汤米给过我一块石板和一些粉笔，让我在课余时间练习。于是每天晚上我都会在石板上运算动能和热力学方程式，然后把字迹全部擦掉，再写十遍"猫咪坐在垫子上"[①]给沃尔特下次搜查的时候看。

我的第二个新朋友是在大宅里结识的，而且这位朋友与汤米有天壤之别。沃尔特的妻子卡洛琳女士恨透了沃尔斯福德丘陵镇，却又被迫住在这里。我打扫卫生很勤快，想要使这地方焕发光彩，所以她很喜欢我。来这儿的第二个星期，我有一次和她聊天，婉转地把话题转到了沃尔特身上。

"我不明白为什么谢尔顿少爷的姓跟他父亲不一样。"我一边说一边把卡洛琳卧室的窗帘拆下来，准备拿去洗。

"什么意思？"

"为什么一个姓罗斯林，另一个姓谢尔顿呢？"

"那是贵族的规矩呀，小姑娘。罗斯林大人是罗斯林子爵一世，但他的本名是沃尔特·约翰·谢尔顿。而他的儿

---

[①] "猫咪坐在垫子上"（The cat sat on the mat）是英语初学者练习用的句子。

子,也就是我的丈夫,叫沃尔特·詹姆斯·谢尔顿。"

父子俩的姓名缩写都是沃尔特·J.谢尔顿!我在一个疑神疑鬼的革命分子家庭长大,所以培养出一种对阴谋诡计的敏锐直觉。在那个瞬间,我马上想象出这样一个场景:某个警察写信给一间被盗窃的住宅的主人,解释说有一个窃贼被击毙,警方从贼窝里找到了住宅主人太太失窃的首饰。那位警察也许和我一样,不懂贵族那一套头衔是怎么回事,所以他把收件人写成了沃尔特·J.谢尔顿,而不是罗斯林子爵,结果这封信送到了小沃尔特手上。

好戏还在后头呢!没有哪个小偷会把赃物保存18个月还不去销赃的,一两天之内他就会把偷来的东西转卖到黑市珠宝商人的手上,在那里把宝石撬下来,再把贵重金属熔了。这样处理之后,就算在黑市进行交易,也是无迹可寻的。

我能想象那个小偷是罗斯林大人雇来偷窃珠宝的,就像他雇我办事一样。他可能是遵照雇主的吩咐,一直把珠宝留在手上,然后再根据指示,将赃物转卖给一个销赃人。这个销赃人当然也是事先安排好的,他会确保警察发现珠宝,最后物归原主。罗斯林大人还必须确保伊丽莎白在牢里活不长久，否则沃尔特一定会忠贞不渝地等她出狱。难道罗斯林大人手上沾满了鲜血吗？伊丽莎白在狱中是被谋杀的吗？我开始为自己的安全感到担忧，顿时心猿意马，很想再次踏上逃亡之路。

"我想你已经听说过我和沃尔特之间的事情了吧？"我把窗帘放进洗衣篮的时候，卡洛琳女士问道。

"我听说他有另一个爱人，不过她已经去世了。"我装作什么也不知道。

"要是她还活着，可能我还会过得好一点。沃尔特从来都没有……唉，我还装什么呢？反正这事人人都知道。我和他从来都没有同床共枕过。"

我想不到她竟然会向我袒露这种隐私，一时间无言以对。

"听你这么说，我也觉得很难过。"

"谢谢你。我其实可以离开他，可是我做不到，因为这里牵扯到钱的问题，一大笔钱。没错，我父亲是一个伯爵，可他其实是一个穷光蛋伯爵，全靠我嫁入豪门，他才不至于破产。可是我被困在约克郡，被囚禁在这段没有爱情的婚姻里，终日只能靠读小说来打发时日。有时候我真希望能一死了之。"

"夫人，主人好像跟恨你一样恨我呢。"

"沃尔特恨我吗？奇怪了，我觉得不至于吧。罗斯林大人想要抱孙子，而沃尔特就埋怨父亲害死了他的爱人。他不跟我同床，纯粹是为了报复他父亲，所以我只是他手中的棋子罢了。记住我的建议吧，小姑娘，你以后千万不要为了爱情或者金钱结婚啊！"

突然，外面传来"砰"的一下巨响，是霰弹枪的声音，紧接着是一阵充满恐惧的尖叫。透过窗户，我看见五个女人正朝着大宅方向逃窜，而沃尔特正在砸烂她们的画架，还在她们的画作上面跳上跳下地踩。

"唉，天哪！"卡洛琳长叹一声，"那几位女士都是教区互助园艺协会的会员，肯定是她们当中有人把沃尔特的工厂画进去了。我明明已经警告过她们了呀。"

汤米在主厂房里给我上课，这就给了我机会好好观察那里发生的事情。那个小型蒸汽涡轮发动机运行时发出鬼哭狼嚎似的巨响，把我的耳朵也震痛了。沃尔特让发动机高速运行，远远超出了安全范围。它能在不到一分钟的时间里，把一个大水箱里面四吨重的水全部耗尽。更恐怖的是液氧——液态氧气的生产工艺是最近才发明的，所以很少人知道它的危险性。在我来这儿的第三周，一个工人把液氧从一个巨大的杜瓦瓶①倒入另一个的时候肯定是疏忽了，导致他的衣服上沾满了纯氧。所以当他去门外点烟斗的时候，一下子就变成了一个人肉火球。

　　沃尔特喜欢恐吓我，他把鲜花泡进液氧里面，然后往地上一扔，花儿顿时摔得粉碎。他也许只是生性残忍，可是我总觉得他能察觉到我确实是一个间谍。每逢这时我都会尖叫，沃尔特就哈哈大笑，然后汤米急忙跑过来安慰我。虽然我觉得挺难受的，却总好过被他开枪打就是了。

　　为了更好地演绎"间谍"这个角色，我甚至开始跟汤米打情骂俏。可是随着日子一天天过去，我发现自己竟然很期待和他上课。如果他有事不能来，我就会觉得心烦意乱。他是一个充满朝气的、善良的大男孩，我在生命中还从没遇见过这种人。作为调车机车的司机，汤米几乎每天都要去五千米外的唐卡斯特镇。在我来到沃尔斯福德的第四个星期，他邀请我和他一起乘机车去唐卡斯特镇。于是我编了一个借口向卡洛琳女士告假，说我需要去镇上存钱和买肥皂，还保证晚上加班补回时间，终于获得了两个小

---

① 杜瓦瓶（Dewar Flask），即抽真空保温瓶，系英国物理学家詹姆斯·杜瓦在1892年发明。

时的假。虽然调车机车的最高时速才勉强达到50千米，可是我站在四面透风的开放驾驶室里，听着火炉的怒吼声和轮子的"咔嗒"声，觉得世上最叫人兴奋的事情莫过于此了。

汤米带我去逛商店之前，必须先去唐卡斯特镇分厂签字，把长货车移交至厂房，再换回一个装满液氧的大罐子。可是这地方除了液氧，还生产别的东西。只见一堵墙边靠着两个巨大的风机，每一个的直径都有三米；风机旁边放着测试机车的流线型外壳；不远处有一些金属机翼，就像从一只拖船那么巨大的蝙蝠身上割下来的翅膀。我很渴望走近点仔细察看，可是这样做就不太像一个贫穷无知的清洁女工了。我只能装出惊奇的样子四处张望，心中暗自估算和记录着各种数据。在我看来，有一件事情是很清楚的：他们正在制造一台能飞行的大型机器。

我俩买了馅饼当午餐，在大街上一边走一边吃。汤米神情肃穆，显得心事重重。

"有传言说罗斯林大人周末会过来这里。"他郑重其事地说。

"他是沃尔特少爷的父亲，对吧？"我问道。

"是的。而且传言这里的前景不太妙。据说他已经对沃尔特少爷失去了耐心，所以打算来把这工厂关了。"

"这就是说我们都会被解雇了？"

"对啊。不过你不用担心，我是调车机车的司机，去利兹或者约克都不愁找工作，而你在大宅里面做得那么好，我猜夫人一定会把你带回伦敦的。"

我猜到他接下来要说什么。眼看我们就要分开了，他舍不得离开我。这三个星期里他对我很好，我也舍不得离开他。

"我在想，她会不会给我写一封介绍信，推荐我去利兹或者约克的有钱人家呢？"

听了我这句话，他马上牵起我的手。

"就算她不愿意，我俩靠我一个人做司机的收入也能生活。"

"是的，我们可以的！"

就这样，我以一种古怪的方式接受了他的求婚。


我们吃完馅饼，继续散步走回液态空气厂。工人们还在往长货车上面的罐子里灌液氧，所以我们就在调车机车边上等着。

"我们连嘴都没亲过，却已经谈婚论嫁了，奇怪吧？"

汤米说。

我一下子警觉起来！不知不觉间，我在一个虚假的身份里越陷越深——问题是我将来决无可能用这个身份过一辈子呀！我在波兰时就已经是声名显赫的数学天才了，而汤米却以为我是一个什么也不懂、只知道拼命赚钱的清洁女工。要是他发现真相，肯定会引以为奇耻大辱……可是在那个时刻、那个地点，有一件事情更容易做：在热恋中忘记将来。不管怎么说，他相貌那么英俊，对我又这么殷勤……

这时候，工头走过来签字，把长货车还给汤米开回沃尔斯福德。我待在他身旁看着。

"接下来这一周都要加班。"他告诉汤米，"有一项重大测试，少爷说。"

"重大测试，测什么呀？"汤米问道，"我们的主涡轮发动机还没做好呢。"

"我们当然已经做好了，就装在长货车上面呀。"

"那个小东西才不是呢！我是说那个九万马力的大家伙呀。"

"少爷说准备好了就是准备好了，反正工资是他给的，我干吗要质疑他呢？"

我几乎忍不住要开口问问题了，不过还是紧紧咬住舌头没说话。

"那他们准备在哪里装配呢？"汤米问道。

"没人告诉我，不过我猜是在丘陵镇那里。那个大家伙，装上机翼之后有18米宽呢！我们这里没有那么大的建筑物能够容纳这东西，就算能放进去也没办法打开门让它出来。"

他们说着说着就转到了工作量和时间表的话题上。我开始在脑海里组装那台会飞的巨大钢铁机器。我估计机翼、风机和流线型的机身加起来一共是30吨左右。我还听到工人们说起四吨重的石蜡和液氧，至于那个巨型蒸汽涡轮发动机，我没办法估计其准确重量，不过至少应该有十吨重——所以全部加起来可能会超过44吨。

这下子我终于把沃尔特心目中的蓝图拼起来了：这是一架安装了九万马力的蒸汽涡轮发动机、重达44吨的飞行器。它有一条24千米长的绝对笔直的铁路去加速。降落也许会出问题，不过沃尔特应该已经想好对策了。

在回沃尔斯福德的路上，我一直假装憧憬着我和汤米的未来，可我其实竭力不去想我与他即将要面对的前景。我必须要向他坦白，告诉他我的真实身份，我是一个间谍、一个非法移民，还是一个数学天才。更糟糕的是，我利用了汤米的一片好心，以上课为借口进工厂里面查探。他会觉得被我出卖、利用和羞辱了，我们将来还怎能在一起吗？所以我根本不去考虑这些事情，而是想象着九万匹马拉着一台44吨重的机器飞上天空的情景。

快回到沃尔斯福德丘陵镇的时候，我们看到牧师在路上发疯似的蹬着自行车，而沃尔特骑着马紧跟在他身边，狠狠地用马鞭抽他。

"嗨！肯定是牧师来教区巡视的时候，不小心太靠近工厂了。"汤米解释道。

现在我终于意识到为什么罗斯林大人派来的间谍总是被沃尔特一抓一个准，因为基本上他就不放过走进庄园里的每一个人，不是开枪打就是用鞭子抽。我现在已经知道了，沃尔特其实是在装疯卖傻，因为我观察到他跟厂里工人和工程师打交道的时候，表现得镇定自若、彬彬有礼，甚至还挺友好的。要是他的疯癫举动都是在演戏，那么他到底有什么图谋呢？这个问题太难猜，比推断他的发动机设计难得多。

那天下午剩余的时间里，我一边擦洗、清扫、掸灰，一边在心里不停地运算,为的是不去想未来。等到晚上我终于回到自己房间里,把门锁上,我在蜡烛的亮光中继续计算,把石板都写满了。在我终于躺上床闭上眼之后,那些数字和方程式还继续在我脑海里不停地跳着华尔兹。

那些方程式是最大的问题,因为等式里面的常量太少,变量太多,所以我什么也不敢确定。那些机翼能产生多大的升力?那些风机能提供多大的推力?这架飞行器的真正重量是多少?这些问题就像一块块拼图摊开在我面前,可是大部分都涂成了黑色;就算勉强拼起来,那个画面依然是虚多实少。

接下来的那个星期绝对是一片混乱。沃尔特发狂似的准备迎接他父亲来访,甚至顾不上我到底是不是间谍了。我把扔掉的图纸和笔记装在袋子里带出制图室,拖到工厂的炉子那里焚烧。我乘机偷看废纸上面的数字和图画,却发现基本上都是我已经知道的信息,只不过更精确更完善罢了。工厂分两班——每班12小时——不间断运作。每晚进行发动机点火测试时,蒸汽室燃烧着液氧和石蜡的混合物,雷鸣般的噪声响彻夜色中的平原。我和汤米没怎么见面,因为他整天开着火车头前往唐卡斯特镇,最忙的时候一天跑了七个来回。

罗斯林大人说到做到，在我来到沃尔斯福德丘陵镇的第四个星期的那个周末，他果然来了。他到达那天，一屋子的人都列队欢迎，他当然是看也不看我一眼。我不敢冒险写书面报告，所以必须向他当面汇报我最近的发现。开头两天，他完全没理我。到了第三天，我正在打扫卡洛琳的卧室，子爵大人突然走进来，就站在门边。他的双手揣在大衣口袋里。

"我的管家会确保没人看见我们在一起。"他轻声说，"你有什么要汇报？"

"你的儿子正在制造一台能够输出九万马力的蒸汽涡轮发动机。"我一边继续掸灰一边回答，"根据我的计算，在这个发动机的推动下，那台机器的时速能超过500千米。"

这个消息一下子把罗斯林大人沉着冷静的面具砸得粉碎。

"可——可是这就意味着伦敦和爱丁堡之间只有一个小时的车程了！"他大声说，"等等！不对，要是一列火车以时速160千米行驶，现有的铁轨就已经承受不了，更何况是三倍的速度呢？"

"可是如果你把涡轮发动机安装在一台飞行器里面，就不需要铁轨了。"

罗斯林大人真的被他儿子的梦想震惊了。在接下来的时间里,我向雇主简单汇报了一下我了解到的情况。

"他一直在两个工厂里制造这台飞行器。"我总结说,"可是我从来没看见过那台大型的发动机,所以它一定在第三个工厂里。迄今为止,他还没有将发动机和蒸汽发生器装配起来测试,所以我估计第一次试飞至少在一个月之后。"

罗斯林大人站着不动,怔怔地盯着地毯,足足考虑了半分钟。然后他摇了摇头,抬眼看着我。

"这么说来,沃尔特用一个宏大的梦想替代了他对伊丽莎白的爱。"他说,"这个梦想是挺好,却不能使我们家族的姓氏流传后世。我要的是孙子,不是蒸汽发动机!我的孙子怎么办?"

"你的儿子和他的太太做什么不做什么,就轮不到我来操心了,大人。"

"没错,你已经做得很好了。这么说,我儿子想飞是吧?好,看来这次我已经揪住他的软肋了。今天我就起草文件,把他的财产控制权转让给卡洛琳女士,让她成为我的唯一继承人。嘿嘿,如果沃尔特能与卡洛琳一起履行婚姻的责任,那么我就把这些文件烧掉。否则他连第二个梦想也保不住。"

"可是你就算不调查他，也可以这样做呀。"我不理解他的逻辑，于是问道，"为什么要费周折请我来呢？"

"因为我要确认沃尔特拥有一个他真正热爱的梦想。现在我知道他那么看重这架蒸汽飞行器，我就能以夺走它为条件威胁他了。"

"那么我呢？你要我做的我都完成了呀！"

"你做得很好。你的文件在我的律师手上，明天我离开之前就会正式允许你去取。"

我本来应该欣喜若狂的，可我的心里竟然充满了恐惧，觉得自己就像一个在死囚室里等待刽子手的女人。我的人生走到了一个十字路口：我可以立马把真相告诉汤米，可是他就会恨我利用他去监视他的雇主——这就意味着我会失去他；我也可以把我辛辛苦苦挣回来的证件一把火烧掉，然后和汤米结婚，做一个特别擅长加减乘除的家庭妇女，安安稳稳地过一辈子——这就意味着我会失去我的事业。无论我怎么做，都会失去一些非常宝贵的东西。虽然数学不能告诉我该如何抉择，可它至少能让我逃避现实，再拖几个小时才去做那可怕的决定。

在接下来的一整天里,我四处走来走去、忙忙碌碌的,脑海里却有各种数字在运算。擦地板的时候,我算出了九万马力蒸汽涡轮发动机能产生的扭矩。由此我得出一个结论:我在沃尔特的图表中看到的大齿轮和轮轴的质量太轻了,远在发动机达到最大马力之前就会散架,更何况涡轮叶片很可能早就四分五裂了。当我烧水洗衣服的时候,我计算出液氧和石蜡的流速,以及由此产生的尾气的体积和温度。我推断出当今世上能够用来制造涡轮的金属在如此强烈的冲击之下会发生灾难性的断裂。我在掸灰的时候想到沃尔特那台机器的重量太大,已经到了不可思议的程度。在我休息喝茶的时候,我又怀疑是否沃尔特实在研究不出制造大型蒸汽涡轮发动机的技术,只是把自己的失败捂住不让人知道罢了。

到了中午,楼上的对话声高了起来,我知道罗斯林大人已经向儿子下了最后通牒。沃尔特猛地冲出大宅,透过窗户,我看到他转身向着二楼阳台挥舞拳头。

"好!我会让家族的姓氏延续的,行了吧!"他对父亲吼道,"过了今晚,我们家族的姓氏就能不朽!就算英女王被人忘记了,谢尔顿这个姓也会万年长青!"

然后他吩咐汤米马上加热调车机车的锅炉,15分钟后,他和汤米用机车拖着长货车向唐卡斯特镇驶去。长货车上还载着两个大罐子、蒸汽泵、金属舱和蒸汽室。

很惭愧，看着汤米离开沃尔斯福德，我竟然暗暗欢喜，因为我又能埋头在数字和方程式里，继续逃避那个无法避免的抉择。下午转眼就过去了，夜幕降临。日落之后一小时，汤米开着调车机车从唐卡斯特镇回来，留下沃尔特在液态空气工厂不知在干什么。我这人太懦弱，只能假装头痛躲在自己房间里，虽然忧心忡忡，却还是不停地计算、思考着马力。

在给绘图员和工程师的笔记里面，沃尔特一直用功率的单位马力来描述蒸汽发动机的输出。功率是衡量功的单位，而功其实是力量在某段时间内传递到物体上的动能。所有的蒸汽发动机都会产生扭矩，因为它们需要转动与之相连的器械，而那些器械最终也是要转动承载火车头的那些轮子。然而沃尔特的笔记和图表只是和蒸汽产生的爆炸性的能量有关，偶尔有些地方本来应该画着涡轮发动机，却只写着"能够产生九万马力"的字眼。

这完全不合理！沃尔特告诉手下，这个发动机燃烧石蜡和液氧，产生蒸汽和二氧化碳，既不需要锅炉，也不会生成煤烟去污染四吨液氧石蜡混合物！乍看之下，这种设计完全不切实际，甚至到了荒谬可笑的地步；可是我总觉得自己漏掉了一些重要的东西。

蒸汽室有管子把液氧和石蜡输送进一个燃烧间，还有一个大喷嘴将蒸汽送出去驱动涡轮发动机。可是燃烧生成的蒸汽和二氧化碳实在太多，还加热超过2000摄氏度，没有一个像房子那么巨大的涡轮发动机根本就不可能充分利用这些能量。更合理的做法是把涡轮发动机整个撤掉，只用尾气去推动……

我一下子想通了！所有那些关于涡轮发动机的笔记、图表上本来应该放置涡轮发动机的空格子甚至关于"九万马力"的评语，这些都是在掩人耳目。九万马力的涡轮发动机根本就不存在，它只是一个伪装，用来遮掩沃尔特这台机器的真面目。

我把子虚乌有的涡轮发动机删掉，重新计算蒸汽室输出的推力。很快我就算出来了，却被结果吓了一跳。

"27.13万牛顿！"我失声惊叫，"天哪！这个蒸汽室本身就是一台发动机啊！"

既然没有了涡轮发动机的驱动，为什么还要安装风机呢？显然也是障眼法了。那些机翼呢？有了27.13万牛顿的推力，这东西绝对能够上天了。可是在所有设计图里，机身上面的轮子都是为了铁轨设计的。起飞不是问题，不过要精确地降落在两根铁轨上，对于飞行器来说是绝对不可能的。我在脑海里做了一个试验：把机翼也当作伪装删掉。那么现在还剩下什么呢？

"一台由多得可怕的蒸汽与二氧化碳火箭驱动的流线型火车头！"我惊呼出声。

要是长货车上面只载着金属舱、罐子、燃料、氧化剂与轮子，总重量不会超过15吨，甚至可能连一半也不到。而且总重量会随着推进剂的燃烧而变小，加速度则随之越来越大。我发狂似的写下一连串数字，却不愿意相信自己的运算结果，于是再算一遍。第二次运算结果和第一次完全相同，结论只能是这一个。假设车轮的轮轴和轴承都不会熔化，根据它的实际重量，"地狱火号"很可能达到1600千米每小时的速度。留在"地狱火号"控制室内的沃尔特，就能够以超音速前进了。

现在我终于得出了答案，但随之而来的是另一个重要的结论："地狱火号"早就已经完成了，沃尔特可以随时进行试飞——他完全可以在今晚试飞！

我从房间飞奔出来，从大宅的一头跑到另一头，然后

"噔噔噔"地冲上楼梯。我跑到二楼绘图室的时候，罗斯林大人的管家把我拦住了。

"不得喧哗扰攘，大人不见客！"这人用极其傲慢的语气对我说。

我站在原地与他僵持着，心中默默算计着各种可能性。我可以尝试和他讲道理，可是他根本不知道我是谁。我可以尝试解释，可是一来我的故事太荒诞，二来我怀疑区区一个管家有没有足够的数学、物理和工程学的知识去理解我要说的话。干脆直接动手吧！

我突然猛冲到房间对面的一个餐具柜前，抓起上面贵重的玻璃器皿和白瓷餐具，拼命往窗户和镜子上砸；一边砸还一边扯破嗓子大声尖叫。一开始，管家被我的举动惊呆了，完全没有反应过来。可是很快他就回过神，直向我扑过来。我绕着桌子躲避，还在不停尖叫。无奈我穿着裙子，行动不便，他又比我更敏捷、更强壮。他掀翻桌子，猛地揪住我的手臂，把我整个人抬了起来。就在这时候，罗斯林大人从书房里走出来。

"这到底是怎么回事？"他吼道。

"沃尔特的发动机已经做好——"我抢在管家捂住我嘴巴之前喊出了半句话。

"真的很抱歉,大人。"管家说道。可是子爵大人已经认出我了。

"哈里森,放开她,然后退下。"罗斯林大人说,"好了,小姐,这是怎么回事?快说!"

"沃尔特不是在制造什么飞行器!"我大声说,"他今天拖去唐卡斯特镇的那台长货车才是真正的车体。"

"什么意思?"罗斯林大人问道,"长货车不能靠自己来开动。"

"大人,这台长货车本身就是一种新式的蒸汽发动机。它能够在半分钟内燃烧掉四吨液氧石蜡混合物,产生27.13万牛顿的推力。"

"你的意思是,沃尔特想……呃,这个,准确来说,沃尔特到底想做什么呢?"

"大人,虽然我不知道总重量和所有变量的准确数值,可是我知道27.13万牛顿的推力在30秒内完全可以推动车厢达到超音速。车体几乎已经组装好,他只需要把流线型外壳套上去就可以了。我们在这里说话的时候,他可能正在装配呢!"

"你还有其他发现吗?"

"我觉得"地狱火号"远在达到最高速之前就会散架,

因为空气的流动实在太猛烈了。时速160千米的飓风就能把建筑物和船只撕成碎片，想象一下时速1200千米的风能造成怎样的破坏？沃尔特会没命的！"

罗斯林大人的脸唰地一下变得惨白。

"没命？"

"是的！他为那台东西最前端造了一个金属舱，起名为'地狱火号'，他就打算在舱里做驾驶员。这样做是死路一条！就算有什么奇迹让车体在空气的猛烈撞击之下没有散架，那么在他减速停车的时候，刹车设备也会熔化的。"

"可是这些细节沃尔特一定也知道啊！他以为自己在干什么呢？"

"他是怨你害死他的心上人，所以找你报仇啊，大人。"

"你胆敢这样来诬蔑我？！"我的雇主厉声吼道。他虽然凶，可是看神情就像一条被人发现嘴里叼着香肠的狗，罪过明明白白地写在了脸上。

"不是我，是沃尔特这样想，所以他就用自杀来报复你。你想通过沃尔特的子孙让家族的姓氏流传后世，而他却按照你的字面意思去做。如果他能够成为第一个以超音速移动的人，他的家族姓氏自然会流芳百世。他殉难后，你的血脉也就此中断。不过后人将会永远铭记谢尔顿这三个字。这就是他的复仇。"

罗斯林大人听完我的话，只考虑了几秒。

"哈里森，我要马上去唐卡斯特镇。"他指着门口，对管家大声说，"叫帕克把调车机车准备好！"

"遵命，大人。"管家答应着，立刻走开了。

"可是大人，沃尔特少爷的火箭车会使用同一条铁轨呀。"我警告他说。

"我会设置信号，彻底关闭北上的交通。"他说，"多布林斯基小姐，来书房一趟。"

我看着他从大衣口袋掏出一张纸，用钢笔蘸好墨水，在纸上签了名。

"把我的手令带去克里普斯与科斯迪根律师事务所，他们会把你的身份证明文件连带保险盒一起交给你。你做得很好，小姑娘，做得很好。"

说完他就匆匆离开了。

现在我反而不知道该拿自己怎么办了。攥在我手里的是我的未来——一个数学家的未来，而代价就是对汤米的无情羞辱。他爱上的是那个虽然暂时无知却有光明未来的女佣，而我实际上是一个暗中利用他的间谍。我需要一番说辞来为自己开脱，可是任凭我有超强的逻辑和推理能力，却什么对策也想不出来。阳台门是打开的，我走去外面呼吸一下新鲜空气，让头脑清醒一点。这里的夜晚挺冷的，可是我看到外面摆着一张椅子，罗斯林大人的烟斗就放在栏杆上，烟斗旁还立着一个大钟。他到这里来干什么呢？

这时候，大钟开始敲响。就在午夜整点的钟声响起时，南方有一道绿色的火光直冲云霄。与此同时，唐卡斯特镇的方向现出一片亮光。我知道，这是"地狱火号"的发动机在五千米外的液氧车间里点火了。大钟的秒针正在"咔嗒咔嗒"地向前走。

在第四秒，沃尔特和"地狱火号"的速度已经达到了160千米每小时，他成了世上最快的人。在第八秒，"地狱火号"超过了320千米每小时。在燃料燃烧的过程中，它的质量越来越轻，加速度也越来越大。在第十一秒，南面的亮光变得稳定，这就意味着"地狱火号"成功达到480千米每小时，而且还没散架！在第十四秒，沃尔特以640千米每小时的速度在广袤的平原上疾驰。此时此刻，他会在心里想什么呢？

在这个过程中，除了大钟秒针的声音，大宅里一片死寂。声音的传播速度才1200千米每小时，所以发动机的第一声轰鸣从唐卡斯特镇传到这里需要25秒。发动机尾气的亮光在第十七秒的时候依然保持稳定，沃尔特这台机器已经超过800千米每小时，却还是完好无缺。越来越大的加速度会产生两倍甚至三倍于他体重的压力，他还能抬起手操作控制台吗？他害怕吗？

大钟的秒针走了20下，"地狱火号"也达到了960千米每小时的高速，正在人类历史上最猛烈的风暴中疾驰，而它发出来的亮光还是保持着稳定。在第二十五秒，我听到远方传来一阵轰隆声——"地狱火号"点火的声音终于从唐卡斯特镇传到我这里了。那台机器正在以1120千米每小时的速度飞驰，马上就会超越自己的声音了。我知道，此刻沃尔特一定正站在"地狱火号"流线型外壳上唯一的玻璃窗后面，脸上露出了狰狞的笑容。

在接下来的几秒内，"地狱火号"突破了音速，而且还在继续加速。沃尔特肯定告诉过他父亲，让其带上一个钟表，在午夜时分去阳台上坐坐。他需要观众亲眼看见他风驰电掣般驶过，这是他复仇行动中的关键一步。就算他已经看见禁行信号，也不可能伸手去拉减速杆，因为加速度产生的巨大压力会使他动弹不得。

"地狱火号"在大宅前面飞驰而过。虽然铁轨边上的灯光昏暗，可我还是看到它的轮子距离铁轨至少有0.9米的高度。后来我算出来，当时它的速度高达1287千米每小时。44年后，沃尔特·谢尔顿秘密保持的最高速度纪录依然没被打破。

"地狱火号"到达时，调车机车刚刚出库，开到了主轨道上。

我看见一道刺眼的强光，紧接着，爆炸的冲击波把我向后震飞，一下子摔进了门里。我在地上迷迷糊糊地躺了几分钟，并没有真的听到爆炸的声音，却感受到了它的威力。等我终于回到阳台时，厂房、厂房边上的棚屋和办公室都淹没在冲天烈焰当中。

直到这时我才意识到，汤米应该就在调车机车上。震惊的感觉就像一把冰刀渐渐刺进我的心窝。奇怪的是，我竟然变得麻木起来。绝对没有什么人能够在这种撞击下生还，一条条冰冷、无情、准确无误的方程式在我脑海里描绘出那片人间地狱。汤米死了，罗斯林大人父子和管家也死了。我的难题迎刃而解：我得到了身份证明文件，而汤米永远也不会知道我的真实身份以及我来这里的目的。卡洛琳女士的难题也不复存在，因为她已经成为罗斯林家族房产和财富的唯一继承人。我和她的区别在于，她痛恨沃尔特少爷，可汤米是我的朋友和爱人。我失去了唯一善待我的人，我苦学多年的逻辑、数学和方程式都不能弥补我的损失。我不知道自己在阳台站了多久，估计不会超过几分钟，因为在我终于转身离开的时候，火势一点也没减弱。

斯人已逝，我接受了这个事实。

我走到前门的时候，突然听到卡洛琳和汤米正在门外说话。我大吃一惊，顿时僵立在原地。难道我见鬼了？

"他们都死了，夫人！"汤米在说话，"开车的是罗斯林大人，还有他的管家。爆炸时他们就在调车机车上！"

"那么沃尔特呢？"她大声问道。

"我不知道！罗斯林大人吩咐我下车去信号箱那里切换信号，然后说不能浪费时间，所以他亲自开车去镇里，不等我了。于是我就去切换信号，我真的把信号改了。不过当时肯定有一个装满液态空气的车厢停在主轨道上，子爵大人就撞上去了。"

"这么说，他已经死了？"

"恐怕是了。我得走了，要去救火。请替我向珍报平安吧。"

"我会的。"

汤米还活着，可是我已经接受了他遇难的噩耗。经过这一番空悲切，此刻我反而完全接受不了他还活着的现实。于是我等他走远了，才走出门口。

"珍！珍！你不用担心，汤米还活着！"卡洛琳一边叫喊着一边向我跑过来。

我举起一只手拦住她，努力保持着一脸冷若冰霜的表情。

"夫人，你看到的并不是真实的我。"我一边说一边临时现编，"我是……一间律师事务所的雇员。罗斯林大人出钱派我来这里假扮女佣，暗中查探沃尔特少爷在干什么。虽然我找到了真相，却已经太迟了。"

"我不明白你在说什么——"

"很好，那就继续保持这难得糊涂的状态吧。"

"不！现在又爆炸又着火，到底发生了什么事？你有看到什么吗？"

"我什么都看到了。沃尔特少爷在主轨道上测试他研制的"地狱火号"发动机，而罗斯林大人刚好把调车机车开到主轨道上。他们以不可思议的高速相撞，然后……然后你现在已经变成一个非常有钱的寡妇了。"

也许我这样说过于鲁莽了，卡洛琳女士一下子晕倒在我怀里。我把她拖到草地上，去喷水池捧了点水洒在她脸上。等她苏醒后，我又向她透露了一点真相。不出我所料，她对沃尔特的死没有半点悲伤，甚至连装也懒得装。

"今晚我就会从你的生命中消失，"我一边说一边扶着她站起来，"明天晚上你可以报警说家里丢了500英镑，说是我干的。"

"什么？不行！你什么也没偷呀！对吧？"

"夫人，请你按我说的去做，否则反而会给我惹上麻烦。"

"好吧，如果你真的要我这样做，我一定帮忙。可我还是想不通。"

"我是为了汤米好。他心碎一时，就不用难过一生了。"

"珍！你在胡说什么呀？"

"夫人，我再说就会和盘托出了，我不能那么做。我现在必须走了。"

"等一下！"她一把揪住我的手臂，说道，"跟我进屋！我反正要报警说你偷了钱，那干脆真的把钱给你带走。"

我当晚离开庄园时的情形，现在只有一点模糊不定的印象了。我还记得四处都是火光，而且大宅的每一扇窗户都碎掉了。后来我才知道,"地狱火号"的残骸碎片最远竟然散落到铁轨沿线三千米外的地区。大火将厂房夷为平地,制图室也未能幸免。报纸上说一共死了15人。原来沃尔特暗中在八千米标志牌处安排了十几个正式的证人和计时员,记录从绿火升空到"地狱火号"到达之间的秒数,可是他们都在撞车爆炸的火球中化为灰烬。在天亮前一个小时左右,我经过唐卡斯特镇,发现液氧工厂已经被大火烧毁。"地狱火号"的尾气里带着火焰,把整个工厂都点燃了。

沃尔特行事很隐秘,所以其他人都不知道他研制的是什么。官方调查的结论是:车祸发生时,工厂正在测试一台普通的蒸汽涡轮发动机。所有的证据都被焚毁或者损坏了,因此这世上了解事情真相的就只剩下我一个人。

以前的那个我已经不复存在,也许警方还在追捕她呢。凭着新的身份证明文件,我在剑桥大学获得了一个教职。从此以后,我的事业平稳上升,终于成了剑桥大学的教授。在大战时期[①],我为政府破解德军密码,战后回到剑桥大学任职。现在是1943年,我们又卷入了战争,所以我来到了布莱奇利庄园,重操旧业,继续破解德军密码。

---

① 大战(The Great War)是二战前人们对第一次世界大战的称谓。

中校听完，摇了摇头，又拿起他带来的照片，凝视了许久。

"这样看来，照片中的技术是完全有可能实现的？"他问道，似乎不确定有没有理解我讲述的这个怪诞的故事。

"是啊，当然有可能了。这些德国人造的机器比沃尔特的那台机器稍微小一点，构造材料可能会轻很多。它们能够携带大量炸药，以超音速击中目标，在地上炸出很大的坑。"

"那我们绝对没法阻拦这些武器了。德军轰炸机的速度只有三四百千米每小时，就已经很难把它们射下来了。"

"当然了。唯一能做的就是轰炸德国人的工厂，减慢他们的生产进度。"

中校站起来要走，我们握手道别。

"可以问最后一个问题吗？"他在开门之前问道。

"问吧。我们都是为政府工作的。"

"你为什么不早点把这个故事公开呢？依我看，"地狱火号"即使在今天也是一个了不起的成就，在1899年的时候简直是奇迹一桩。"

"我是为了保护汤米。别忘了，他的心上人其实并不是清洁女工，而是一个拥有高等学历、能说五门语言的卓越的数学家。就算他原谅我对他的欺骗,这件事情也会对他的自尊造成严重打击,他会觉得自己是一个不折不扣的笨蛋。所以我宁愿伤他的心,让他以为我只是一个配不上他的小贼。"

"可你现在还是告诉我了。"

"我之所以告诉你,是因为我看你像是一个正人君子,会尊重我的意愿。汤米还活着,他后来去了利兹,当上了工头。他的妻子是一位老师,他的一个女儿还在剑桥上过我的数学课。现在请你离开吧,去向战时内阁汇报,说服他们派遣英国境内所有的轰炸机飞越北海,务必把佩讷明德夷为平地。"

"肯定会有人问我这是哪位专家的建议。"

"你就告诉他们,是一位来自布莱奇利庄园的专家,他们就不会继续追问下去了。"

我陪访客走出小屋,一直送到警卫门岗,他的专车就在那里等候。要是我在1899年把这个故事公之于世,世界的命运会发生怎样的改变呢?今时今日,英国会不会已经扩张到了月球呢?我们会不会在一战时用我们制造的火箭武器轰炸德国的城市呢?

罗斯林大人父子本来可以过得很好,可是他们都挖空心思去追求一些不属于他们的东西。我本来可以争取到与汤姆·帕克共度一生的机会,也许他甚至会原谅我的欺骗。可是那又能怎样呢?他是不可能适应剑桥大学的生活的。如今他通过努力工作和进修,也让自己和心爱的人过上了更好的生活。

每天我都告诉自己一遍:我的抉择是正确的。在绝大部分时候,我都相信这一点。

---

肖恩·克里斯托弗·麦克马伦,澳洲科幻作家,墨尔本大学历史与物理双学士,图书馆与信息科技硕士,中世纪文学博士。澳洲科幻界与奇幻界的领军人物,创作了多篇小说,出版了17本著作。短篇小说《80英里》获得2011年雨果奖提名。他于2002年、2013年两次获得《类似体》读者评选奖,获奖作品分别是《飞翼之塔》与《九万马力》。他是空手道黑带,做过职业音乐人,专职吉他弹奏及演唱,后来从事科学计算工作直至退休,而后全身心投入文学创作。

本篇获2013年类似体读者评选奖。

## 名师大语文

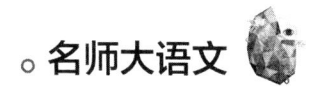

### 名师导读

全文采用第一人称口吻进行讲述，使读者形成较强的代入感。故事的开头充满了神秘色彩，尤其是主人公克莱蒙特教授的人物设定是供职于布莱奇利庄园的工作人员，所以很能够激发读者的阅读兴趣。中间部分是克莱蒙特教授对往事的一段回忆，至此可以先简单了解一下蒸汽时代，尤其是随着第一次工业革命的发展所带来的世界格局的变化，以及随后的第一次世界大战。故事的切入点虽然很小，但作者仿佛带着我们于涟漪中见沧海，于一叶中见远山，很能够激发起读者深入探究的愿望。故事回到当下，因为战争的需要，教授将这段往事和涉及的数据告诉了到访的高官，故事至此戛然而止。

### 火箭

火箭是历史悠久的投射武器，中国古代的火箭就是当代火箭的鼻祖。在宋理宗绍定五年（公元1232年）宋军保卫汴京时，火箭便已被用来对抗元军，后来火箭技术经由阿拉伯人传至欧洲。18世纪时，印度在对抗英国和法国军队的多次战争中，曾大量使用火箭武器，战果硕硕，因此带动了欧洲火箭技术的发展。第一次世界大战即将结束前，罗伯特·戈达德设计并制造铁筒小型火箭弹样机，并成功地进行了一次示范表演。1919年，戈达德把他经过十多年精心计算和研究的成果写成论文《达到极大高度的方法》，论述了火箭运动的数学原理和计算方法，讨论了宇航的原理，并用图片说明利用火箭抵达月球的方法。他提出为超音速喷嘴装上液态燃料火箭引擎燃烧室。这种喷嘴将燃烧室中的热气体转成较冷的超音速喷射气体，提升了燃料效率，使推进力增加超过两倍。而早期的火箭因为热能随气体排放被浪费了许多，效率极其低下。1926年，他研制的世界上第一枚液体燃料火箭试飞成功。

19世纪20年代，世界各国相继出现了研究火箭的组织。19世纪20年代中期，德国科学家开始研制高空长距离的液态推进火箭。1931年至1937年，在列宁格勒的气体动力实验室进行了大规模的火箭引擎设计实验。1932年，德国的多恩伯格建立实验室，有强烈抱负理想的年轻火箭科学家冯·布劳恩等人加入了团队，发展德国用于第二次世界大战的长程武器，尤其是后来名声大噪的V-2火箭的前身A系列火箭。

1943年，V-2火箭开始制造。V-2火箭高14米，重13吨，射程为320千米，搭载了1000千克阿玛托炸药弹头。二战结束时，苏联、英国及美国军事及科学人员竞相从佩讷明德的德国火箭计划中获取火箭技术，招纳训练有素的人员。美国从中获益最多：美国争取到大批德国科学家,将他们带回美国作为回形针行动中一部分成员。原来设计用来攻击英国的火箭,后来被这群科学家用来研究发展火箭的新技术。

随着冷战时期到来,19世纪60年代成了火箭科技极速发展的时代,苏联、美国、英国、日本、澳大利亚等国家纷纷加入研究。1969年,土星五号运载火箭把载人的"阿波罗"号宇宙飞船送上月球轨道,登陆月球,使《纽约时报》收回以前认为太空任务不可能成功的社论。

## 思维拓展

怎样才算获得永恒?老父亲罗斯林作为一名资本家,他逼迫儿子与自己心目中认为匹配的家族联姻,以期让自己的家族代代强大,子孙绵延。但是失去挚爱的儿子沃尔特却变得执拗、疯癫、狂热,抱着必死的信念走上一条超越时代的道路——制造火箭。沃尔特通过这种玉石俱焚的方式在历史上留下了永恒的印记。

这样一个惊心动魄的故事采用了嵌套的方式,故事的开头结尾时间为当下,围绕着故事设定的一战背景,布莱奇利庄园的一次秘密到访引发了中间的回忆。其中饱含着女教授的智慧与洞察,也从侧面反映了第一次工业革命之后人们对科技的追求与向往。

# 信使

刘慈欣/著

老人是昨天才发现楼下那个听众的。这些天他的心绪很不好,除了拉琴,他很少向窗外看。他想用窗帘和音乐把自己同外部世界隔开,但做不到。早年,在大西洋的那一边,当他在狭窄的阁楼上摇着婴儿车,在专利局喧闹的办公室中翻着那些枯燥的专利申请书时,他的思想却沉浸在另一个美妙的世界,在那个世界中,他以光速奔跑……

现在,普林斯顿是一个幽静的小城,早年的超脱却离他而去,外部世界在时时困扰着他。有两件事使他不安:其中一件是量子理论。这个由普朗克开始,现在有许多年轻的物理学家热衷的东西，让他觉得很不舒服，他不喜欢那个理论中的不确定性。"上帝不掷骰子"，他最近常常自言自语。而他后半生所致力的统一场论却没有什么进展，他所构筑的理论只有数学内容而缺少物理内容。另一件事是原子弹。广岛和长崎的事已过去很长时间了，甚至战争也过去很长时间了，但他的痛苦在这之前只是麻木的伤口，现在才痛起来。那只是一个很小的、很简单的公式，只是说明了质量和能量的关系，事实上，在费米的反应堆建成之前，他自己也认为人类在原子级别把质量转化为能量是异想天开……海伦·杜卡斯最近常这么安慰他。但她不知道，老人并不是在想自己的功过荣辱，他的忧虑要深远得多。最近的睡梦中，他常常听到一种可怕的声音，像洪水，像火山，终于有一夜他被这声音惊醒，发现那不过是门廊中一只小狗的鼾声。以后，那声音再没在他梦中出现。后来，他梦见了一片荒原，上面有被残阳映照着的残雪。他试图跑出这荒原，但它太大了，无边无际。再后来，他看到了海，残阳中呈血色的海，才明白整个世界都是盖着残雪的荒原……他再次从梦中惊醒，这时，一个问题像退潮时黑色的礁石一样突然出现在他的脑海中：人类还有未来吗？这问题像烈火一样煎熬着他，他几乎无法忍受了。

楼下的那人是个年轻人，穿着现在很流行的尼龙夹克。老人一眼就看出他是在听他的音乐。后来的三天，每当老人在傍晚开始拉琴时，那人总是准时到来，静静地站在普林斯顿渐渐消失的晚霞中，一直到晚上9点左右，老人放下琴要休息时他才慢慢地离去。这人可能是普林斯顿大学的一个学生，也许听过老人的讲课或某次演讲。老人早已厌倦了从国王到家庭主妇的数不清的崇拜者，但楼下这个陌生的知音却给了他一种安慰。

第四天傍晚，老人的琴声刚刚响起，外面下起雨来。从窗口看下去，年轻人站到了这里唯一能避雨的一棵梧桐树下。后来雨大了，那棵在秋天已很稀疏的树挡不住雨了。老人停下了，想让他早些走，但年轻人似乎知道这不是音乐结束的时间，仍一动不动地站在那儿，浸透了雨水的夹克在路灯下有点发亮。老人放下提琴，迈着不灵便的步子走下楼，穿过雨雾走到年轻人面前。

"你如果，哦，喜欢听，就到楼上去听吧。"

没等年轻人回答，老人就转身走回去了。年轻人呆呆地站在那儿，双眼望着无限远处，仿佛刚才发生的是一场梦。后来，音乐又在楼上响了起来，他慢慢转过身，恍惚地走进门，走上楼去，好像被那乐声牵着魂一样。楼上老人房间的门半开着，他走了进去。老人面对着窗外的雨夜拉琴，没有回头，但感觉到了年轻人的到来。对于如此迷恋于自己琴声的这个人，老人心中有一丝歉意。他拉得不好，特别是今天这首他最喜欢的莫扎特的回旋曲，拉得常常走调，有时，他忘记了一个段落，就用自己的想象来补上。还有那把价格低廉的小提琴，很旧了，音也不准。但年轻人在静静地听着，他们俩很快就沉浸在这不完美但充满想象力的琴声中。

这是20世纪中叶一个普通的夜晚，这时，东西方的铁幕已经落下，在刚刚出现的核阴影下，人类的未来就像这秋天的夜雨一样阴暗而迷蒙。就在这夜、这雨中，莫扎特的回旋曲从普林斯顿这座小楼的窗口飘出……

时间过得似乎比往常快，又到9点了。老人停下了，想起了那个年轻人，抬头见他正向自己鞠躬，然后转身向门口走去。

"哦，你明天还来听吧？"老人说。

年轻人站住，但没有转身，"不了，教授，您明天有客人。"他拉开门，又像想起了什么，"哦对，客人8点10分就会走的，那时您还拉琴吗？"老人点点头，并没有仔细领会这话的含义。

"好，那我还会来的，谢谢。"

第二天雨没停，但晚上真有客人来，是以色列大使。老人一直在祝福那个遥远的、新生的、自己民族的国家，并用出卖手稿的钱支援过它。但这次大使带来的请求让他哭笑不得，他们想让他担任以色列总统！他坚决拒绝了。他送大使到外面的雨中，大使上车前掏出怀表看，路灯下老人看到表上的时间是8点10分。他突然想起了什么。

"您，哦，您来的事情还有人知道吗？"他问大使。

"请放心教授，这是严格保密的，没有任何人知道。"

也许那个年轻人知道，但他还知道……老人又问了一个很奇怪的问题，"那么，您来之前就打算8点10分离开吗？"

"嗯……不，我想同您谈很长时间的，但既然您拒绝了，我就不想再打扰了。我们都会理解的，教授。"

老人困惑地回到楼上，但当他拿起小提琴时，就把这困惑忘记了。琴声刚刚响起，年轻人就出现了。

10点钟，两个人的音乐会结束了。老人又对将要离去的年轻人说了昨天的话："你明天还来听吧？"他想了想又说："我觉得这很好。"

"不，明天我还在下面听。"

"明天好像还会下雨，这是连阴天。"

"是的，明天会下雨，但在您拉琴的时候不下；后来还会下一天，您拉琴时也下，我会上来听；雨要一直要下到大后天上午11点才会停。"

老人笑了，觉得年轻人很幽默，但看着他离去的背影，他突然预感到这未必是幽默。

老人的预感是对的，之后的天气精确地证实着年轻人的预言：第二天晚上没雨，他在楼下听琴；第三天外面下雨，他上来听；普林斯顿的雨准确地在第四天的上午11点停了。

雨后初晴的这天晚上，年轻人却没有在楼下听琴，他来到老人的房间里，拿着一把小提琴。他没说什么，只是用双手把琴递给老人。

"不，不，我用不着别的琴了。"老人摆摆手说。有很多人送给他小提琴，其中有很名贵的意大利著名制琴师的制品，他都谢绝了，认为自己的技巧配不上这么好的琴。

"这是借给您的，过一段时间您再还给我。对不起，教授，我只能借给您。"

老人接过琴来，这是一把看上去很普通的小提琴，没有弦！再仔细一看，弦是有的，但是极细，如蛛丝一般。老人不敢把手指按到弦上，那"蛛丝"似乎一口气就可吹断。他抬头看了看年轻人，后者微笑着向他点点头，于是他轻轻地把手指按到弦上,弦没断,他的手指却感到了那极细的蛛丝所不可能具有的强劲的张力。他把弓放上去,就是放弓时这不经意的一点滑动,那弦便发出了它的声音。这时,老人知道了什么叫天籁之音!

那是太阳的声音,那是声音的太阳!

老人拉起了回旋曲,立刻把自己融入了无边的宇宙。他看到光波在太空中行进,慢得像晨风吹动的薄雾;无限宽广的时空薄膜在引力的巨浪中轻柔地波动着,浮在膜上的无数恒星如晶莹的露珠;能量之风浩荡吹过,在时空之膜上激起梦幻般的霓光……

当老人从这神奇的音乐中醒来时,年轻人不知什么时候已经走了。

之后,老人被那把小提琴迷住了,每天都拉琴到深夜。杜卡斯和医生都劝他注意身体,但他们也知道,每当琴声响起时,老人就感到一种从未有过的生命活力在血管中涌动。

年轻人却再也没来。

这样过了十多天,老人的琴突然拉得少了起来,而且有时又拉起了他原来那把旧提琴。这是因为他突然产生了一种忧虑,怕过多的演奏会磨断那蛛丝般的弦。但那把琴所发出的声音的魔力让他无法抗拒,特别是想到年轻人在某一天还会来要回那把琴，他又像开始时那样整夜地拉那把琴了。每天深夜，当他依依不舍地停止演奏时，总要细细地察看琴弦。他老眼昏花了，就让杜卡斯找了一个放大镜，而放大镜下的琴弦丝毫没有磨损的痕迹，它的表面如宝石一样光滑晶莹，在黑暗中，它还会发出蓝色的荧光。

这样又过了十多天。

这天深夜，入睡前，老人像往常那样最后看了看那把琴，突然发现琴弦有些异样。他拿起放大镜仔细察看，肯定了自己的判断。其实这迹象在几天前就出现了，只是到了现在，它才明显到能轻易察觉的程度。

琴弦越磨越粗。

第二天晚上，当老人刚把弓放到琴弦上时，年轻人突然出现了。

"你来要琴吗？"老人不安地问。

年轻人点点头。

"哦……如果能把它送给我的话……"

"绝对不行，真对不起，教授，绝对不行。我不能在现在留下任何东西。"

老人沉思起来，他有些明白了。双手托起那把琴，他问："那么这个，不是现在的东西了？"

年轻人点点头。他现在站在窗前，窗外，银河横贯长空，群星灿烂，在这壮丽的背景前他呈现出一个黑色的剪影。

老人现在明白了更多的事。他想起了年轻人神奇的预测能力，其实很简单，他不是在预测，而是在回忆。

"我是信使，我们的时代不想看到您太忧虑，所以派我来。"

"那么你给我带来什么呢，这把琴吗？"老人并没有表现出任何惊奇，在他的一生中，整个宇宙对他就是一个大惊奇，正因为如此，他才超越别人，首先窥见了它最深的奥秘。

"不是的，这把琴只是一个证明，证明我来自未来。"

"怎么证明呢？"

"在您的时代，人们能够把质量转化为能量——原子弹，还有很快将出现的核聚变炸弹就是这么发明出来的。在我们的时代，已可以把能量转化成质量，您看，"他指着那把小提琴的琴弦，"它变粗了，所增加的质量是由您拉琴时产生的声波能量转化的。"

老人仍然困惑地摇摇头。

"我知道，这两件事不符合您的理论：一、我不可能逆时间而行；二、按照您的公式，要增加琴弦上已增加的那么多的质量，需要大得多的能量。"

老人沉默了一会儿，宽容地笑了，"哦，理论是灰色的，"他微微叹息，"我的生命之树也是灰色的了。好吧，孩子，你给我带来了什么信息？"

"两个信息。"

"那么，第一？"

"人类有未来。"

老人宽慰地仰躺到扶手椅上，像每一个了却人生最后夙愿的老者一样，一种舒适感涌遍了他的全身，他可以真正休息了。"孩子，见到你我就应该知道这一点的。"

"投在日本的两颗原子弹是人类最早也是最后两颗用于实战的核弹。本世纪90年代末，大部分国家签署了禁止核试验和防止核扩散国际公约，又过了50年，人类的最后一颗核弹被销毁。我是在那200年后出生的。"

年轻人拿起了那把他要收回的小提琴，"我该走了，为了听您的音乐，我已耽误了很多行程，我还要去三个时代，见五个人，其中有统一场论的创立者，那是距您百年以后的事了。"年轻人没说的还有：他在每个时代拜见伟人都选在其不久于人世的时候，这样可把对未来的影响减到最小。

"还有你带来的第二条信息呢？"

年轻人已拉开房门，他转过身来微笑着，似乎带着歉意。

"教授,上帝确实掷骰子。"

老人从窗口看着年轻人走到楼下,已是深夜,街上没什么人。年轻人开始脱衣服,他也不想带走这个时代的东西。他的紧身内衣在夜色中发着荧光,那显然是他的时代的衣服。他没有像老人想象的那样化作一道白光离去,而是沿一条斜线迅速向上升去。几秒钟后,他就消失在群星灿烂的夜空之中。他上升的速度很恒定,没有加速过程。很明显,不是他在上升,而是地球在转动,他是绝对静止的,至少在这个时空中是绝对静止的。老人猜测,他可能使自己处于一个绝对时空坐标的原点,他站在时间长河的河岸上,看着时间急流滚滚而过,愿意的话,他可以走到上下游的任何一处。

爱因斯坦默默站了一会儿,慢慢地转身,又拿起了他那把旧小提琴。

---

刘慈欣,科幻作家,高级工程师,中国作家协会会员、中国科普作家协会会员,山西省作家协会副主席。科幻作品蝉联1999—2006年中国科幻小说银河奖;2015年,他的科幻小说《三体》第一部获得世界科幻小说最高奖雨果奖"最佳长篇小说奖"。

## 名师大语文

### 名师导读

  以普林斯顿一个幽静的小城为背景，一位心绪不宁的老人徘徊其中。人类还有未来吗？这个问题像烈火一样煎熬着他。这篇文章仿佛是一段悠长的往事，读到最后读者才会恍然大悟，原来这位拉着小提琴的老人是爱因斯坦，他担心的是自己在物理学方面的研究成果被用于战争，从而给人类带来毁灭性的灾难。至此老人的心事重重便顺理成章了。而那个来自未来的年轻人的到访也给爱因斯坦的研究增添了一丝神秘色彩。小说的情节虽然是虚构的，但是其中所蕴含的科学知识的发展变迁却是真实发生的，这也让虚构的情节多了一些合理性。

### 上帝不掷骰子

  爱因斯坦的名言中很少有哪句话像这句被引用得如此之多，这句话已经成了他反对量子力学及其随机性的标志，因为量子力学把随机性看作是物理世界的基本性质。但人们其实误解了他。

故事原本是这样的，爱因斯坦拒绝接受这样一个事实：一些事情是非决定论的——它们发生就是发生了，人们永远找不出原因。在同时代的人中，他几乎是唯一一个还抱此信念的：他坚信宇宙是经典物理式的，像钟表那样机械地嘀嗒运转，每个瞬间都决定着下个瞬间。尼尔斯·玻尔曾这样评价他："提出相对论的物理革命者可悲地变成了保守派，在量子理论方面落后于时代潮流"。

然而，许多历史学家、哲学家和物理学家都对这个故事提出了质疑。深入研究爱因斯坦之后，他们发现爱因斯坦关于非决定论的思考远比大多数人认为的更激进，也更细致入微。爱因斯坦其实承认了非决定性在量子力学中的真实性，他所不能接受的是将非决定论作为大自然的基本原则。非决定论从各个方面都暗示着物理现实存在一个更加深刻的层次，而这是仅仅将其作为量子理论的一部分所不能解释的。

宇宙究竟是一个像发条一样的机械装置，还是像一张掷骰子的桌子？这一问题触及了物理学的核心，有科学家认为，物理学就是在缤纷繁复的大自然中寻找隐藏的简单原理。如果一件事情会无缘无故地发生，那么就意味着我们的理性探寻在这里达到了极限。麻省理工学院的宇宙学家安德鲁·S.弗里德曼认为，如果非决定性是一种基本原则，这将意味着科学的终结。

## 思维拓展

爱因斯坦不愧为有史以来最伟大的科学家之一。他在乎的不是自己的功过荣辱，而是更深远长久的问题：人类的未来。当老人看到自己的研究成果被用于战争时，他看到是人性中罪恶的一面，这成为压在他心头的巨石。然而，神秘年轻人的到访让他看到了希望，尤其是当年轻人告诉他人类的最后一颗核弹在未来被销毁时，他一下子释然了，像每一个了却人生最后夙愿的老者一样，一种舒适感涌遍了他的全身。

作者借这个虚构的故事是想告诉我们，未来有无限可能，不必过分纠结当下。

如果人类的未来是光明的，那么这光明蕴藏在人类的善念之中。

# 祖母家的夏天

郝景芳/著

"他默默地凝思着,成了他的命定劫数的一连串没有联系的动作,正是他自己创造的。"

经历过这个夏天,我终于开始明白加缪关于西西弗斯的话。

我从来没有像现在这样看待过"命运"这个词。以前的我一直以为,命运要么是已经被设定好只等我们遵循,要么是根本不存在而需要我们自行规划。

我没想过还有其他可能。

## 1

八月，我来到郊外的祖母家，躲避喧嚣就像牛顿躲避瘟疫。我什么都不想，只想要一个安静的夏天。

车子开出城市，行驶在烟尘漫卷的公路上。我把又大又空的背包塞在座位底下，斜靠着窗户。

其实我试图逃避的事很简单，大学延期毕业，跟女朋友分手，再加上一点点对任何事都提不起兴趣的倦怠。除了最后一条让我有点恐慌以外，一切都没什么大不了的。我不喜欢哭天喊地。

妈妈很赞同，她说找个地方好好整理心情，重整旗鼓。她以为我很痛苦，但其实不是。只是我没办法向她解释清楚。

祖母家在山脚下，一座两层小别墅，红色屋顶藏进浓密的树丛。

木门上挂着一块小黑板，上面写着一行字："战战，我去买些东西，门没锁，你来了就自己进去吧。冰箱里有吃的。"

我试着拉了拉门把手，没拉动，转也转不动，加了一点力也还是不行。我只好在台阶上坐下来等。

奶奶真是老糊涂了,我想,她准是出门时顺手锁上了却又不记得了。

祖父去世得早,祖母退休以后一直住在这里,爸爸妈妈想给她在城里买房子,她却执意不肯。祖母说自己独来独往惯了,不喜欢城里的吵闹。

祖母退休前是大学老师,头脑身体都还好,于是爸爸也就答应了。我们常说来这里度假,但不是爸爸要开会,就是我自己和同学聚会走不开。

不知道奶奶一个人能不能照顾好自己,我坐在台阶上暗暗地想。

傍晚的时候,祖母终于回来了,她远远看到我就加快了步子,微笑着问:"战战,几点来的?怎么不进屋?"

我拍拍屁股站起身来,祖母走上台阶,把大包小包都交到右手,同时用左手推门轴那一侧——就是与门把手相反的那一侧——结果门就那么轻描淡写地开了。祖母先进去,给我拉着门。

我的脸微微有点发红,连忙跟了进去。看来自己之前是多虑了。

夜晚降临。郊外的夜寂静无声,只有月亮照着树影婆娑。

祖母很快做好了饭,浓郁的牛肉香充满小屋,让颠簸了一天的我食指大动。

"战战,替我到厨房把沙拉酱拿来。"祖母小心翼翼地把蘑菇蛋羹摆上桌子。

祖母的厨房大而色彩柔和,炉子上面烧着汤,热气氤氲。

我拉开冰箱,却大惊失色:冰箱里是烤盘,四壁已经烤得红彤彤,一排苹果派正在扑扑地起酥,黄油和蜂蜜的甜香味扑面而来。

原来这是烤箱。我连忙关门。

那么冰箱是哪一个呢?我转过身,炉子下面有一个镶玻璃的铁门,我原本以为那是烤箱。我走过去,拉开,发现那是洗碗机。

于是我拉开洗碗机,发现是净水器;拉开净水器,发现是垃圾桶;打开垃圾桶,发现里面干净整齐地摆满了各种CD。

最后我才发现，原来窗户底下的暖气——我最初以为是暖气的条纹柜——里面才是冰箱。我找到沙拉酱，特意打开闻了闻，生怕其中装着的是炼乳，确认没有问题，才回到客厅。

祖母已经摆好了碗筷，我一坐下就开始狼吞虎咽。

# 2

接下来的几天，我一直在为认清东西而努力斗争。

祖母家几乎没有几样东西能和它们通常的外表对应，咖啡壶是笔筒，笔筒是打火机，打火机是手电筒，手电筒是果酱瓶。

最后一条让我吃了点苦头。当时是半夜，我起床去厕所，随手抓起客厅里的手电筒，结果抓了一手果酱，黑暗中黏黏湿湿，吓得我睡意全无。待我弄明白原委，第一个念头就是去拿手纸，然而手纸盒里面是白糖，我想去开灯，谁知台灯是假的，开关原来是老鼠夹。

只听"啪"的一声，我陷入了尴尬的境地：左手是果酱白糖，右手是涂着奶酪的台灯。

"奶奶！"我唤了一声，但没有回答。我只好举着两只手上楼。她的卧室黑着灯，柠檬黄色的光从走廊尽头的一个小房间透出来。

"奶奶？"我在房间外试探着唤了一声。

一阵细碎的桌椅声之后，祖母出现在门口。她看到我的样子，一下子笑了，说："这边来吧。"

房间很大，灯光很明亮，我的眼睛适应了一会儿，才看清这是一个实验室。

祖母从一个小抽屉里拿出一把形状怪异的小钥匙，将我从台灯老鼠夹里解放出来，我舔舔手指，奶酪味依然香气扑鼻。

"您这么晚了还在做实验？"我忍不住问。

"做细菌群落繁衍，每个小时都要做记录。"祖母微微笑着，把我领到一个乳白色的台面跟前。台面上整齐地摆放着一排圆圆的培养皿，每一个里面都有一层半透明的乳膏似的东西。

"这是……牛肉蛋白胨吗？"我在学校做过类似实验。

祖母点点头，说："我在观察转座子在细菌里的活动。"

"转座子？"

祖母打开靠边的一个培养皿，拿在手上："就是一些基因小片段，能编码反转录酶，可以在DNA间游走、脱离或整合。我想利用它们把一些人工的抗药基因整合进去。"

说着，祖母又把盖子盖上："但不知道能不能成功。这个是接触空气的干燥环境，旁边那个是糖水浸润，再旁边一个注入了额外的ATP。"

我学着她的样子打开最靠近的一个培养皿，问："那这里面是什么条件呢？"

我把沾了奶酪的手指在琼脂上点了点，我知道足够的营养物质可以促进细胞繁衍，从而促进基因整合。

"战战！"祖母迟疑了一下，说，"那个是对照，隔绝了一切外加条件的空白组。"


我总是这样，做事想当然，而且漫不经心。

静静和我吵架的时候，曾经说我做事莫名其妙，考虑不周，太不成熟。我想她是对的。尽管她是指我总忘掉应该给她打电话，但我明白，我的问题绝不仅是这一件事。静静是一个有无数计划而且每一个都能稳妥执行的人，而我恰好相反。我所有的计划执行起来都会出错，就像面包片掉在地上一定是黄油落地。

由于缺少了对照，祖母的这一组实验只能重做。虽然理论上讲观察还可以继续，但至少不能用来发表正式结果了。

我很惶恐，不知道该做些什么。但祖母却似乎并没有生气。

"没关系，"祖母说，"我刚好缺少一组胆固醇环境。"

然后祖母就真的用马克笔在培养皿外面做了记号，继续观察。

# 3

第二天早上，祖母熬了甜香的桂花粥，郊外的清晨阳光明媚，四下里只听见鸟的声音。

祖母问我这几天有什么计划。我说没有。这是真话。如果说我有什么想做的，那就是想想我想做什么。

"你妈妈说你毕业的问题是因为英语，怎么会呢？你转系以前不就是在英语系吗？英语应该挺好的呀。"

"四级没考，忘了时间。"我咕哝着说，"大三忘了报名，大四忘了考试日期。"

我低着头喝粥，用三明治把嘴塞满。

我的确不怕考英语，但可能这也是为什么自己压根没上心。至于转系，现在想想可能也是个错误。转到环境系却发现自己不太热衷于环境，大三跑去学了些硬件技术，还听了一年生物系的课，然而结果就是现在：什么都学了，却又好像什么都没学。

祖母又给我切了半片培根，问："那你来以前，妈妈怎么说？"

"没说什么。就是让我在这儿安静安静，有空就念点经济学的书。"

"你妈妈想让你学经济？"

"嗯，她说将来不管进什么公司，懂点经济学也总有帮助。"

妈妈的逻辑是定好一个目标然后需要什么就学什么。然而这对我来说正是最缺乏的。我定下的大目标总是过不了几天就被自己否定，于是手头的事就没了动力。

"你也不用太担心以后。"祖母见我吃完，开始收拾桌子，"就好像鼻子不是为了戴眼镜才长出来。"

这话静静也说过。"鼻子可是为了呼吸才长的。"她说上帝把我们每个人塑造成了独特的形状，所以我们不要在乎别人的观念，而是应该坚持自己的个性。所以静静出国了，很适合她。然而，这也同样是我所缺乏的，我从来就没听见上帝把我的个性告诉我。

收拾餐桌的时候我心不在焉，锅里剩下的粥都洒在了地上。我的脸一下子烫了起来。

"没关系，没关系。"祖母接过我手里的锅，拿来拖把。

"……流到墙角了，不好擦吧？您有擦地的抹布吗？我来吧。"我讪讪地说。

我想起妈妈每次蹲在墙边细致擦拭的样子。我家非常非常干净，妈妈最反感我这样的毛手毛脚。

"真的没关系。"祖母把餐厅中央擦拭干净，"墙边上的留在那儿就行了。"

她看我一脸茫然，又笑笑说："我自己就总是不小心，把东西洒得到处都是。所以我在墙边都铺了培养基，可以生长真菌的。这样做实验就有材料了。"

我到墙边俯身看下，果然一圈淡绿色的细茸一直延伸，远远看着只像是地板的装饰线。

"其实甜粥最好，说不准能长出蘑菇。"

祖母看我还是呆呆地站着，又加上一句："这样吧，你这几天要是没什么特别的事，就帮我一起培养真菌怎么样？"

我不假思索地点点头。

不仅仅是因为自己接连闯祸想要弥补，更是因为我觉得自己的生活需要一些变化。到目前为止，我的生活基本上支离破碎，我无法让自己投身于任何一条康庄大道，也规划不出方向。也许我需要一些机会，甚至是一些突发事件。

# 4

祖母很喜欢说一句话：功能是后成的。

祖母否认一切形式的目的论，无论是"万物有灵"还是"生机论"。她不赞同进化有方向，不喜欢"为了遮挡沙尘，所以眼睛上长出睫毛"这样的说法，甚至不认为细胞膜是细胞为保护自身而构造的。

"先有了闭合的细胞膜，才有细胞这回事。"祖母说。"还有G蛋白偶联受体，在眼睛里是感光的视紫红质，在鼻子里就是嗅觉受体。"

我想这是一种达尔文主义，先变异，再选择。先有了某种蛋白质，才有了它参与的反应。先有了能被编码的酶，才有这种酶起作用的器官。

存在先于本质？是这么说的吧？

在接下来的一个晚上，祖母的实验传来好消息：期待中的能被NTL试剂染色的蛋白质终于在胞质中出现了。离心机的分子量测定也证实了这一点。转座子反转录成功了。

经过了连续几天的追踪和观察，这样的结果实在令人长出一口气。我帮祖母打扫实验室，问东问西。

"这次整合的究竟是什么基因呢？"

"自杀信号。"祖母的语调一如既往。

"啊？"

祖母俯下身，清扫实验台下面的碎屑："其实我这一次主要是希望做癌症治疗的研究。你知道，癌细胞就是不死的细胞。"

"这样啊？"我拿来簸箕，"那么是不是可以申报专利了？"

祖母摇摇头："暂时还不想。"

"为什么？"

"我还不知道这样的反转录有什么后续效应。"

"这是什么意思？"

祖母没有马上回答。她把用过的试剂管收拾了，台面擦干净，我系好垃圾袋，跟着祖母来到楼下的花园里。

"你大概没听说过病毒的起源假说吧？转座子在细胞里活动可以促进基因重组，但一旦在细胞之间活动，就可能成为病毒，比如HIV。"

夏夜的风温暖干燥，但我还是不由得打了个寒噤。

原来病毒是从细胞自身分离出来的，这让我想起王小波写的用来杀人的开根号机器。一样的黑色幽默。

我明白了祖母的态度，只是心里还隐隐觉得不甘。

"可是，毕竟是能治疗癌症的重大技术，您就不怕有其他人抢先注册吗？"

祖母摇摇头："那有什么关系呢？"

"砰"——就在这时，一声闷响从花园的另一侧传来。

我和祖母赶过去，只见一个胖胖的脑袋从蔷薇花墙上伸了出来，额头满是汗珠。

"您好……真是对不起，我想收拾我的花架子，但不小心手滑了，把您家的花砸坏了。"

我低头一看，一盆菊花摔在地上，花盆四分五裂，地下躺着祖母的杜鹃，同样惨不忍睹。

"噢，对了，我是新搬来的，以后就和您是邻居了。"

那个胖大叔不住地点头,"真是太不好意思了,第一天来就给您添麻烦了。"

"没关系没关系。"祖母和气地笑笑。

"对不起啊。明天我一定上门赔您一盆。"

"真的没关系。我正好可以提取一些叶绿体和花青素。您别介意。"祖母说着,就开始俯身收拾花盆的碎片。

夏夜微凉,我站在院子里,头脑有点乱。

我发觉祖母最常说的一个词就是没关系。可能很多事情在祖母看来真的没关系,名也好利也好,自己的财产也好,到了祖母这个阶段的确都没什么关系了。一切只图个有趣,自得其乐就够了。

然而,我暗暗想,我呢?

过了这个夏天我该怎么样呢?重新直接回学校,一切和以前一样,再晃悠一年到毕业?

我知道我不想这样。

# 5

转天上午,我帮祖母把前一天香消玉殒的花收拾妥当,用丙酮提取了叶绿素，祖母又兴致勃勃地为自己庞大的实验队伍增加了新的成员。

整个上午我都在做心理斗争，临近中午时终于做出个决定。我想，无论如何，先去专利局问问再说。刚好下午隔壁的胖大叔来家里赔礼道歉，我于是瞅个空子一个人跑了出来。

专利局的位置在网站上说明得很清楚，很好找。四层楼庄严而不张扬，大厅清静明亮，一个清秀的女孩子坐在服务台看书。

"你，你好。我想申报专利。"

她抬起头笑笑："你好。请到那边填一张表。请问是什么项目？"

"呃，生物抗癌因子。"

"那就到三号厅，生物化学办公室。"她用手指了指右侧。我转身时，她自言自语地加上一句："奇怪了，今天怎么这么多报抗癌因子的？"

听了这话，我立刻回头："怎么，刚才还有吗？"

"嗯，上午刚来一个大叔。"

我心里咯噔一下。隐隐觉得情况不太对。

"那你知道是什么技术吗?"

"这我就不太清楚了。"

"是一种药还是什么?"

"哎,我就是在这儿打工的学生,不管审技术。你自己进去问吧。"说着,女孩又把头低下,写写画画。

我探过头一看,是一本英语词汇,就套近乎地说:"你也在背单词呀?我也是。"

"哦?你是大学生?"她抬起头,好奇地打量我,"都有专利了?不简单呀。"

"嗯……不是,"我有点脸红,"我给导师打听的。你还记不记得上午那位大叔长什么样?我怕是我的导师来过了。"

"嗯……个子不高,有点胖,有一点秃顶,好像穿黄色衣服。其他我也想不起来了。"

果然。怪不得我出门的时候觉得什么地方不对了。

当时隔壁的大叔带来了花,我主动替他搬,而他直接用手推向门轴那一侧。第一次来的人绝不会这样。原来如此。前一天晚上肯定不单纯是事故。一定是偷听我们说话才不小心砸到了花。

也亏得他还好意思上门,我想,我一定得赶快告诉奶奶。大概他以为我们不会报专利，也就不会发现了吧。幸亏我来了。

"这就走了呀？"我转身向门口走去，女孩在背后叫住我，"给你个小册子吧。专利局的介绍、申请流程、联系方式都在上面了。"

我勉强笑了一下，接过来放进口袋，大步流星地走了出去。

# 6

当我仓皇奔回家，祖母还是在她的实验室，安静地看着显微镜，宛如纷乱湍急的河流中一座沉静的岛。

"奶奶……"我忍住自己的气喘，"他偷了您的培养皿……"

"回来了？去哪儿了跑了一身土？"祖母抬起头来，微笑着拍拍我的外衣。

"我去……"我突然顿住，不知道怎么解释自己去了专利局，换了口气，"奶奶，隔壁那个胖子偷了您的培养皿，还申报了专利。"

出乎我的意料，祖母只是笑了一下："没关系。我的研究都可以继续。而且我之前不是也说过，前两天的实验很粗糙，根本没法直接应用的。"

我看着祖母，有点哑然。人真的可以如此淡然吗？祖母仿佛完全不想考虑知识产权经济效益一类的事情。我偷偷掏出口袋里的小册子，攥在手里，叠了又展开。

"先别管那件事了。先来看这个。"祖母指了指面前的显微镜。

我随意地向里面瞅了瞅，心不在焉地问："这是什么？"

"人工合成的光合细菌。"

我心里一动，这听起来很有趣。"怎么做到的？"

"很简单，把叶绿体基因反转录到细菌里。很多蛋白质已经表达出来了，不过肯定还有问题。如果能克服，也许可以用来作替代能源。"

我听着祖母平和而欢愉的声音，忽然有一种奇怪的不真实的感觉。仿佛眼前罩了一层雾，而那声音来自远方。我低下头，小册子在手里摩挲。我需要做一个决定。

祖母的话还在继续："……你知道，我在地上铺了很多培养基，我打算继续改造材料，用房子培养细菌。如果成功了，吃剩的甜粥什么的都可以有用了。至于发电问题，还是你提醒了我。细胞膜流动性很强，叶绿素反应中心生成的高能电子很难捕捉，不过，添加大量胆固醇小分子以后，膜就基本上可以固定了，理论上讲可以用微电极定位……"

我呆呆地站着，并不真能听进去祖母的话，只零星地抓到只言片语。这似乎是一个更有应用前景的创造。我的脑袋更乱了。我没办法集中精力听祖母说话，讪讪地说："您倒是把我做错的事又都提醒了一遍呀。"

祖母摇摇头："战战，我的话你还不明白吗？"她停下来，看着我的眼睛，"每天每个时刻都会发生无数偶然的事情，你可能在任何一家餐馆吃饭，也可能上任何一辆公共汽车，看到任何一个广告，而所有的事件在发生的时刻都没有好坏对错之分。它们产生价值的时刻是未来。是我们现在这一刻做的事给过去的某一刻赋予了意义……"

祖母的声音听起来飘飘悠悠，我来不及反应。偶然，时刻，事件的意义，未来，各种词汇在我脑袋里盘旋。我想起博尔赫斯的《小径分岔的花园》。我想余准的心情应该和我一样吧，一个决定在心里游移酝酿，而耳边传来缥缈的关于神秘的话语……

"……生物学只有一套原则：无序事件，有向选择。那么是什么在做选择？是什么样的事件最终能留下来成为有利事件呢？答案只有延续性。一个蛋白质如果能留下来，那么它就留下来了，它在历史中将会有一个位置，而其他蛋白质随机生成又随机消失了。想让某一步正确，唯一的方法就是在这个方向上再踏一步……"

我想到我自己，想到邻居的胖子，想到妈妈和静静，想到我之前混乱的四年，想到我的忧郁与挣扎，想到专利局明亮的大厅。我知道我需要一个机会。

"……所以，如果能利用上，那么奶酪、洒在地上的粥和折断的花就都不是坏事了。"

于是我决定了。

# 7

在那个夏天之后，我到专利局找了份实习工作。我在小册子上读到的。

在那里找正式工作不太容易，但他们总会找一些在校学生做些零碎工作——还好我没有毕业。专利局的工作并不难，但每个方向的知识都要有一点——还好，我在大学里的学习也是漫无目的。

安安——我第一次来这里遇到的女孩——已经成了我

的女朋友。我们的爱情来自一同准备英语考试——还好我没考过四级。安安说她对我的第一印象是礼貌而羞涩，感觉很好——我没告诉她那是因为做亏心事心里紧张——一切都像魔力安排的，就连亏心事都帮了我的忙。

再进一步，我甚至可以说之前的心乱如麻都是好事——如果不是那样，我不会来到祖母家，而后面的一切也都不会发生。现在看起来，过去的所有事都连成了串。

我知道这不是任何人在安排。没有命运存在。一切都是我自己的选择。

这是一种奇怪的感觉：我总以为我们能选择未来，然而不是，我们真正能选择的是过去。

是我的选择把几年前的某一顿午饭挑选出来，成为和其他一千顿午饭不一样的一顿饭，而同样也是我的选择决定了我的大学是错误还是正确。

也许，承认事实就叫作听从自我吧。因为除了已经发生的所有事件的总和，还有什么是自我呢？

一年过去了，由于心情好，所有工作做得都很好。现在专利局已经愿意接受我做正式员工，从秋天开始上班。

我喜欢这里。我喜欢从四面八方了解零星的知识。而且，我不善于制定长远计划，也不善于执行长远计划，而这里刚好是一个一个案例，不需要长远计划。更何况，像爱因斯坦一样的工作，很酷。

经过一年的反复实验和观察，祖母的抗癌因子和光合墙壁都申请了专利。已经有好几家大公司表示很有兴趣。祖母没有心情和他们谈判，我便承担了中间人的重任。幸亏我在专利局。

说到这里还忘了提，祖母隔壁的胖子根本没有偷走祖母的抗癌因子培养皿。他自以为找到了恒温箱，却不知道那只是普通的壁橱，真正的恒温箱看上去是梳妆柜。

所以你永远不知道一样东西真正的用处是什么，祖母说。原来她早就知道。原来她一直什么都知道。


后记：思考自身和思考命运是我们每个人心里都会有的心理过程。对一个无神论者，这是对坚强的考验。如果没有上天的"指引"，如果没有假想的"注定"，那么人该怎样确信自己的方向？人该怎样看待自己的过去？未来又该向什么方向行进？

这些问题是从大学之初就萦绕在我心里的困惑。学习光子行进理论的时候，我发觉人的行为就像光子，每一步都是试探地向四面八方伸出，然而最终画出一条最短最平滑的路线。没有神在暗中引导，这是我们自我的创造。于是就有了这篇作品，在未来的写作中，对此的思索依然会是我的主题之一。

---

郝景芳，科幻作家，童行书院创始人。

2006年毕业于清华大学物理系，2013年清华大学经管学院博士毕业。2013年至2018年任中国发展研究基金会研究员，2018年哈佛大学肯尼迪政府学院访问学者。自2006年开始小说创作，2016年第74届世界科幻大会，凭短篇小说《北京折叠》获最佳中短篇小说奖。

2017年创立儿童通识教育品牌"童行书院"，为孩子打开视野、提升思维、培养创造力，探索可持续的公益教育。

## 名师大语文

### 名师导读

"没关系"是祖母最爱说的三个字。

祖母是一位生物学家,正在研究抗癌因子。她的家位于郊外的山脚下、丛林中,家里处处充满了奇妙的因子。咖啡壶是笔筒,笔筒是打火机,打火机是手电筒,手电筒是果酱瓶。拉开冰箱里面是烤盘,打开垃圾桶里面摆满了各种CD。隔壁的邻居来偷祖母的研究成果,可他偷走的不过是普通的壁橱……祖母家几乎没有几样东西和它们通常的外表对应。反向开的大门、外表与本质毫不对应的家具陈设、顺其自然又随遇而安的实验方式等,这一切都让生活基本上支离破碎的主人公感到非常奇妙。

大学延期毕业,跟女朋友分手,再加上一点点对任何事都提不起兴趣的倦怠——他是为了逃避现在的生活才决定到祖母家去躲避喧嚣的。在祖母家,那些和现实颠倒错位的事物逐渐治愈了他,原本让他觉得毫无用处的知识都派上了用场。他也渐渐明白祖母做这一切却并不是刻意的,她只是顺着事物自然发展的过程进行研究。因为功能是后成的。你永远不知道一样东西真正的用处是什么。

我们的成长有时候也是如此。

## 细菌菌落

细菌菌落是指把单个或少数细菌（或其他微生物的细胞、孢子）接种到固体培养基表面，如果条件适宜，就会形成以母细胞为中心的肉眼可见的子细胞群体，称为菌落。

由于细菌的种类不同，它们所形成的菌落的形状、大小、高低、位置、色调、边缘、透明度，以及菌块的质地、软硬、黏稠度等也各不相同。每一种细菌在一定条件下形成固定的菌落特征。不同种或同种菌落在不同的培养条件下，特征也是不同的。这些特征对菌种的识别和鉴定有重要的意义。

菌落的特征不仅受菌落中细胞的特性影响，而且也受到周围菌落的影响，菌落靠得太近，由于营养物质有限，再加上有害代谢物的分泌和积累，因而生长会受到抑制。所以在平板分离菌种时，常可看到平板上互相靠近的菌落都较小，而那些分散开的菌落均较大。而在同一菌落中的微生物个体，由于各个微生物所处的空间位置不同，在营养物的摄取及空气供应等方面亦都不一样，所以在生理活动和细胞形态上也可能会产生一定的差异。

## 思维拓展

通过一个诸事不顺的大学生的成长，作者带给读者这样的哲思：所有的事件在发生的时刻都没有好坏对错之分，它们产生价值的时刻在未来。为了让读者清晰地理解这一点，作者为主人公安排了略显窘迫却又趣味十足的遭遇、前后反差的情节，因此更容易引发读者的共鸣。就像故事的最后，主人公感慨的那样，"我甚至可以说之前的心乱如麻都是好事——如果不是那样，我不会来到祖母家，而后面的一切也都不会发生。现在看起来，过去的所有事都连成了串。"这样的人物设定与情节安排也让我们更加明白作者想要传递的思考：我们总以为能选择未来，然而我们真正能选择的是过去。

这篇文章虽然是第一人称的视角写成的，但文章通过主人公的思考、祖母的宽慰以及作者夹叙夹议的表达提出，我们总在希冀未来，感叹过去，却忘了未来的走向其实取决于过去的选择。正如作者所说，除了已经发生的所有事件的总和，还有什么是自我呢？所以，我们能做的就是坦然地接受当下的事实，因为过去已经发生，不可逆转，如果过分纠结也不能对未来产生影响。只有过好当下，才能站在未来回首时，心无遗憾。

你喜欢这个清新有趣的故事吗？你会不会觉得故事的主人公所经历的一切实在非常奇妙？其实，生活中我们也总在经历这样奇妙的时刻，只是有时候我们太过紧张而忽略了发现它们。或许，你也喜欢从四面八方了解零星的知识，而且不善于制订长远的计划，那不妨想想文中的那句话：生物学只有一套原则：无序事件，有向选择。那么是什么在做选择呢？是什么样的事件最终能留下来成为有利事件呢？答案只有延续性。

# 缺陷

何夕/著

## 1

苏枫循着声音望过去,他立刻就见到了那个头发稀疏发黄、一脸瑟缩的男孩。

"你找我有事?"他小声地问,因为还没有下课,苏枫的脸上掠过一丝不快。男孩的脸色有些发白,声音变得更加细弱,但他显然不想放弃,"我来是想告诉您,我预知您会卷入一场谋杀事件中。"

苏枫还来不及出声课堂里便已爆发出不可抑制的哄笑,

以至于连地板都仿佛颤抖起来。男孩的脸变得更白了，他的健康状况显然应该归入差的一类。他局促不安地深埋下头，似乎想找条地缝钻进去。苏枫的目光扫过液晶黑板——论时间的一维性——那正是本堂课的主题，他摆了摆手，这是他宣布下课的习惯动作。于是快乐的口哨声和欢呼声响了起来，几分钟后偌大的教室里便只剩下他和那个男孩。

"说吧，是谁让你来开这个玩笑的？"苏枫饶有兴致地问道。

"请相信我的话，苏教授。"男孩有些着急，"我的预知从来都是准确的，您在两小时后也就是上午11点左右很可能会卷入一次谋杀。"

苏枫看了看自己瘦长白皙的手臂，不禁哑然失笑，"你的预知既然很准，为什么你又用了'可能'这个词？"

"我能准确而详尽地预知600秒内将发生的任何事件，如果超出这个时间范围就只能预知事件的部分情形了，而且时间越长事件的情形就越模糊。所以我现在只能说在两小时后会发生谋杀事件，至于别的情况暂时无法知道。"

苏枫好奇地看着那男孩，他发现自己好像已经无法对这个少年的话完全置之不理了。男孩身上似乎有些与他的年龄极不相称的东西，让人不能漠视他的存在。尤其是他说话时的神态，几乎有宣读神谕的意味。神谕！为什么他会想到这个词？突然间，苏枫的心里竟然隐隐有些不安起来。

"那么，你为什么要告诉我这些话，我又为什么要相信你？"苏枫尽量让自己的语气显得平静一些。一时间他有种很奇怪的感觉，他似乎曾经在哪儿见过这个男孩。他的理智告诉他这是不可能的事，但他管不住自己这么想。

"我告诉你这些是因为我的老师，他叫林欣，你还记得吧？他曾经对我说过你是他最好的朋友。"

刹那间苏枫的胸口仿佛被什么东西撞了一下，林欣！一个久远得如同前生的名字。那个白皙清秀、健康开朗，仿佛整个人都被某种优雅的气蕴笼罩着的年轻人，那个喜欢与人争辩不休的年轻人。那个——林欣！

"是他？"苏枫幽幽地开口，"他好吗？"

"他死了。"男孩的口气很平和，平和得与他的年龄不相称。

苏枫陡然一滞，"你好像不怎么在乎他的死？我是说，他是你的老师。"

"在他死前差不多十分钟我的脑海里就预演了他死亡的

全过程，所以当他真正死去的时候我反而像是看一部重放的影片一样。我这样说你一定不会明白，但要是你也有这种经验的话就会对发生任何事情都不会感到意外了。"

"那么，你能告诉我他是怎么死的吗？"

"长时期的抑郁症损害了他的几乎整个身心系统，他有很多其他疾病。当然，有一个直接的死因——他死于自杀。"

苏枫悚然，"自杀？！可是你说你预知了他的死，如果是自杀为何不阻止他？"

男孩有些纳闷地抬起头来，"老师曾经告诉我，可以改变的预知只是巫术师们的骗术，而他的预知研究是纯粹科学的东西。难道他没有告诉过你？"

"告诉过我？"苏枫喃喃地重复着这句话，神情变得有些恍惚。我是他最好的朋友（他是这么说的吧），他当然告诉过我。但那是多久以前的事情了？15年前？也许是17年前？那时候这校园里的景色似乎比现在要好，空气中时时弥漫着青草的味道。当然，更重要的，那时的苏枫还很年轻，他有两个最好的朋友，林欣和韦洁如。

......

## 2

"你的意思我当然明白，你不就是想从一个事件的初态推导出它的后续状态吗？可这已经被证明是不可能的了。"苏枫很潇洒地挥着手，"当年拉普拉斯期望在某种全知智慧的基础上建立预知模型，但现代量子力学的发展成果已经推翻了它的理论基础。以前很多次我都辩不过你，可这次你输定啦，不信我们一块去问导师。"

"你误会我的意思了，我说的恰恰是考虑量子效应的影响。也就是说，在建立预知模型的时候加入量子效应。"

"等等，"苏枫插入一句，"你的话让我有点迷惑，量子效应最重要的一条就是测不准原理，按照这个原理不仅无法预知事件未来的发展，就连事件的初始态也是无法准确描述的，那么你如何来建立模型呢？"

林欣意味深长地笑了一下，"也许我们并不需要知道事件的初态。"

苏枫忍不住大笑，他觉得林欣今天一定是有些发烧，"你是在说你不用知道韦洁如现在在哪儿就能告诉我半小时后能在什么地方找到她？那好吧，你要是能做到这一点我就信你。"

"你们两个在找我？是不是又要我做裁判？"韦洁如突然从教学楼的拐角后钻了出来，苏枫和林欣都被吓了一跳，韦洁如比他们俩要小五六岁，刚升上大学四年级。

苏枫仿佛见了救星，他几乎要跳起来了，"林欣想当预言家，我说他荒谬，这次你该站在我这一边了吧。"

韦洁如抿嘴一笑，"根据以往的经验，我如果支持你一定会输。"

苏枫大急，"这次不一样，你要是支持林欣就太没理智了。你爸爸一定反对他。"

韦洁如饶有兴致地看着她父亲的两位高足争论不休，心中却很奇怪地有种幸福的感觉。苏枫和林欣这样争来争去地该有差不多六七年了吧，他们俩都是那种仿佛长不大的学生型的人，不过谁也不能否认他们都是那样优秀。

相比之下，林欣却很低调，"你还是支持苏枫吧，我对自己这次的想法没有多大信心。"

韦洁如有些调皮地笑笑，"你们要我这样我偏要那样，我就支持林欣。"不知为何韦洁如这样说的时候有些脸红，不过她的语气倒是出奇的坚定。

苏枫的神色有些黯然，声音也变得低了些，"我们请导师来评判吧。"他顿了一下，"还是算了吧，这不是什么有意义的问题。对吧，林欣。"

林欣有同感地点头。他们俩差不多每天都会为某个新冒出的想法争论一阵，其中的大部分实际上都不会对他们的研究有任何影响，充其量算是一种头脑体操。当然，如果这次的争论也就此结束的话以后的事情恐怕会是另外一番情形，可惜这个世上根本没有一件事可以用"如果"来说明。

事情的起因是韦洁如这次破例地有些较真，她一定要到林欣和苏枫的导师面前去论证这个问题，当然，所谓导师也就是她的父亲韦一江。

## 3

男孩有点困惑地看着恍惚出神的苏枫，他想出声但却忍住了，看得出他比他的同龄人要老成不少。

苏枫意识到了自己的失态，他掩饰性地咳嗽了一下，"那你们这些年都住在什么地方？"

"我们的家其实就在这个城市，老师有几次说过准备搬家但都在最后一刻下不了决心。他的话我不是很懂，大概是说他舍不得这个城市。我忘了告诉你，我其实早就认识你和你的夫人。"

苏枫来了兴致,"你怎么认识的?"

"老师和我跟踪过你们很多次,我也不知道他为什么这么做,不过我看得出他是很关心你们。不过他一直都在避免跟你们碰面。"

苏枫的眼眶有些发热,"那他跟你说过些什么?"

"他只是说你们是他这一生中最好的朋友,他还说他这辈子感到最快乐和最让他留恋的日子就是当年和你们在一起度过的时光。"

苏枫沉默了半晌,"还是说说你的预感吧。你说我会卷入一场谋杀事件,这到底是怎么回事?是我被杀还是我杀了别人?或者我会是一个目击者。如果是我杀人的话会不会是一次误杀?"

"现在还不知道,不过快了,肯定会比那件事情真正发生的时间提前一些时候知道。"男孩认真地回答着问题,"不过无论我的预知结果是怎样都是无可更改的,因为必须是某件事情在后来的某个时间真的发生了我才有可能在此之前预知到这件事情的发生,请务必记住这一点,这很重要。"

虽然男孩的话有点像绕口令,但苏枫还是听懂了,他若有所思地看着男孩,"你和林欣是什么关系,我是说,你们俩长得很像。"

男孩犹豫了几秒钟后说,"老师曾经告诉过我,从基因的角度来讲我们是同一个人,我具有他全部的个体性状。他没有妻子。"

"克隆。"苏枫并不是太意外,从他见到男孩的时候起他就仿佛有种面对故人的感觉。男孩的回答只不过是证实了他的猜想而已。不过让苏枫感到不解的是林欣为何要采用复杂的克隆技术来产生后代。对一位严肃的科学家来说,克隆技术虽然具有诸如完全保持父代性状等优点却并不适用于繁殖人类后代,因为这样做将丧失在生物进化中起最重要作用的变异性。林欣不可能不知道这一点,那他为何这样做,难道过去了这么多年他还是没有忘记过去的事情……

"我想是吧。"男孩这次并没有注意到苏枫走神了,他依然很关切地把问题又扯到预知上来,"现在关于那次谋杀事件我又得到了一些新的信息,你应该是……在某种情况下杀了一个人。是的,就是这样。"

"是吗?"苏枫心中一惊,从听到林欣的名字起他就再也不能漠视男孩的话了,尽管他在理智上很难接受这样的观点。但这是林欣的观点，只不过通过男孩的嘴说出来。在苏枫的印象里，和林欣无数次的争论中他总是处于下风。除了那一次，但那一次他真的就站在了真理的一边吗……

## 4

午餐后，韦一江教授正在给园子里的盆景浇水，这是他多年的老习惯了。韦宅是一幢很别致的小楼，掩映在绿树成荫的半山腰上。韦一江浇完水后就径直回到书房开始工作，这同样是雷打不动的老规矩。作为当代知名的物理学家，韦一江现在已是硕果累累、著作等身，而最令他欣慰的却是他门下的学生们都那么出色，尤其是林欣和苏枫。说实话现在韦一江很难把他们两人当成自己的学生，更多的时候他是把他们当作自己的助手和朋友一般看待。因为他们实在是太优秀了，在韦一江的成果之中有不少巧妙的思想都和他们的才能密不可分。在将于明年初召开的世界物理学年会上韦一江准备在一篇注定要引起轰动的论文上署上他们的名字，这本来就是他们应得的荣誉。到时候整个世界都将为两颗新星的诞生而震惊。韦一江清楚地知道在自己的心中是何等溺爱他们，以至于每当韦洁如说他偏心时他总是心甘情愿地默认。想到韦洁如生气的样子,韦一江的脸上便不由得隐隐浮现出笑容,这个宝贝女儿是他在科学研究之外所能得到的最大乐趣了。其实韦一江运用他缜密严谨的科学思维已经预料到他的女婿会是林欣和苏枫中的一个,他在闲暇时甚至给未来的外孙子或外孙女起了个叫"小昭"的名字,只是不知道会姓林还是姓苏。不过从近一段时间的情形来看韦一江觉得他的外孙多半会是"林小昭"了。有一次他拿这个问题去难为韦洁如,结果是意料中的一句"人家不知道啦"。

现在门外突然热闹起来,不用看韦一江也知道准是韦洁如回来了,当然还少不了见面就争的林欣和苏枫。韦一江总是不明白他们两人怎么会有那么多争论的东西,有时甚至是一些常人根本不屑一顾的问题。但韦一江知道这也许就是他们与众不同的地方。爱因斯坦曾说过一段话,"正常人都是在童年时就认为自己已经掌握了什么是时间空间等很常识的问题,因而再也不会为这样的问题花费心思。而我恰恰是到差不多成年以后才开始思考这个问题,结果我发现了不一样的东西"。现在林欣和苏枫争论的那些问题又何尝不是这样,从最后的结果来看似乎林欣总是要略胜一筹,以韦一江的眼光来评价的话,苏枫无疑是优秀的,但肯定逊于林欣，因为苏枫只是出色的科学家，而林欣却是天才。在韦一江的字典里其实很少用到天才这个词，他一向认为天才是一种夸大其词的说法。每个人身上都背负着数十亿年时间的造化，谁又能比其他人高出多少呢。但当他见到林欣后这种观点有了变化。韦一江这一生取得了远胜于常人的成就，但他并不认为自己是天才，而只是认为自己是一个和苏枫一样称得上优秀的人，他们和常人之间的差别只在"勤"与"专"两个字上。但林欣就不同了，他是属于另一类的人。他并不比苏枫用心，但对问题的看法却总是深入得多，有时他一瞬间的直觉竟和韦一江经过深思熟虑反复求证后得出的结论完全一致。韦一江时时在想，也许这就是天才。不过，如果韦一江发现他们俩争论的东西过于不切实际或是陷入文字游戏的话也是要站出来以导师的身份予以制止，他毕竟是严肃的物理学家，决不能容忍违背基本科学理论的行为——即使只是口头上的争论。

果然不出意料，韦洁如一见到他就嚷嚷道，"爸爸你快来做裁判吧，他们俩又争起来了，这回苏枫说林欣一定错。"韦洁如停下来微微一笑，"可我根据以往的经验还是决定投林欣一票。"

"到底怎么回事？"韦一江故意蹙了下眉，放下了手边的工作，"说来听听看。只要不是什么原则问题的话我准备支持苏枫，大家打个平手。"

"林欣说他有一种预知未来的方法。"苏枫简要地把他们先前的谈话重复了一遍，他说话的声音很低，似乎并未因为导师说要支持自己而感到高兴。

"是这样。"韦一江有些意外，虽然这两个学生常常令他吃惊，但他这次仍然没有想到他们会因为古老的预知问题而争论，应当说这个问题和永动机一样都是一个不该再被提起的问题了。但这是林欣提出的问题。他转头对着林欣说，"说说你的理论依据是什么？"

林欣的脸有些红了，"其实我只是偶然地想到这个问题的，并没有太成熟的想法。"

韦一江又是一惊，他注意到林欣的语气表明他认为自己是正确的，只不过不太"成熟"而已。韦一江意识到自己不能不对这个问题发表看法了，不过在此之前他还是想听完林欣的想法。

"你不要有顾虑，说出来听听。"

林欣点点头，"其实我是在上周重读一则经典物理实验的介绍时，无意中想到这个问题的。"

"什么实验？"韦一江有点紧张地问，他印象中似乎没有什么用于证明预知现象的经典实验。

"那是当年用来说明微观粒子的波粒二象性的理想实验。大概意思是让光子一粒粒地发射并穿越有着两条缝的挡板。假设在某一时刻光子已经穿过了挡板，那么它可能穿过了其中一条缝（如果它此次表现为粒子性），也可能同时穿过了两条缝（如果它此次表现为波），不管怎么说必定是二者之一。同时这个事情已经发生了，不可改变了。现在到了关键时候，如果我们这时在挡板后加上一张感光底片，那么我们将看到底片上最终出现了干涉条纹，说明光子是同时穿过了两条缝，也就是说它表现为了波。而如果我们此时在挡板后正对着两条缝的地方分别安上一台计数器，那么我们这回却看到只有一个计数器上出现读数，也就是说光子只穿过了其中的一条缝因而表现为粒子性。当然在这里我只是简单说明实验的构思，在具体操作中实际上是通过一个可以感光的百叶窗帘来实现整个过程的，但结果和以上描述的完全一样。这就说明了一个问题，光子到底穿过了一条缝或是两条缝本来是已经发生了的事情，但却反而需要由后面发生的事情来决定。我觉得这个实验隐隐暗示了在某些情况下原因和结果并不是泾渭分明的，甚至不是由谁决定谁的关系，它们之间可能会互相影响。"

"等等。"苏枫插上一句，"这个实验我知道，可是当初好像并没有得出你说的这种结论。"

韦一江在旁边叹了口气，心想如果当初就有人得出那样的结论，林欣又如何称得上是天才？不过他并不赞同林欣的观点，"但那只是在微观世界里的现象，宏观世界里不存在你所说的情况。"

林欣突然提高了声音道："微观和宏观又何尝能够截然分开，微观才是起决定因素的力量，宏观不过是微观的统计效应罢了。如果在微观的范畴里证明了原因和结果可以互动的话，那么宏观世界也必定适用于同样的理论。"

韦一江的脸色变得沉重起来，他下意识地瞟了眼桌上的论文稿，上面的标题是"现代物理学完备性论证"，这正是他准备在世界物理学年会上宣读的论文，在这篇论文里，他站在哲学和科学的双重高度上建立了一个迄今为止最为庞大而完备的物理学体系，可以说是他一生心血的结晶。本来再过几天他就能完成它的初稿，不过现在看来，他的处境有点像当年的瑞士数学家费雷格在就要完成"从逻辑推出算术系统"时的情形了。费雷格在著作附言里说："对于一个科学家来说，最难堪的事莫过于在即将大功告成的时候才发现自己的理论基础突然瓦解了。在本书就要付印的时候，罗素先生的一封涉及悖论的来信使我陷入了这样的境地。现在整个数学大厦的基础动摇了。"

韦洁如显然不是很清楚到底发生了什么事，她只是有些模糊地感到在这场争论中林欣占据了上风，就连父亲似乎也被难住了，在此之前，她从未见过父亲的脸色这样严峻。从女孩子的心思出发她真想蹦起来，因为她这次又站对了立场，不过她还是忍住了——气氛不对。韦洁如露出一个狡黠的笑容，她想让大家轻松一下，"我给大家出个题。有一个人到商店里去购物，突然发现柜台上居然在卖人的大脑。于是他走到一个标有'爱因斯坦'字样的大脑前问是多少钱。柜员告诉他要5000块。他又走到一个标有'普通人'字样的大脑前问是多少钱，柜员说要10000块。他觉得很奇怪，又走到一个标有'苏枫'字样的大脑前问要多少钱，柜员说要10万块钱。你们说，这是怎么回事？答对有奖。"

苏枫有些茫然地看着韦洁如，他摇摇头，"怎么我的大脑会比爱因斯坦的贵？而且贵那么多。你是在表扬我吗？"他转过头求助般地望了眼林欣，林欣含有深意地笑了笑，但没有开口。

韦洁如得意地叫起来,"不知道是怎么回事了吧。本小姐公布答案,人家爱因斯坦的大脑是充分利用过的,而咱们苏枫的脑子却是从来没用过的,崭新的东西自然要贵得多啦。"

苏枫的脸一下子涨得通红,他想说什么但却张不开嘴。

出人意料的是韦一江突然发了火,他用力拍了下桌子,"小如,不要胡闹。"屋子里立时安静下来,半天都没有人说话,过了一会儿韦一江挥挥手,有些疲倦地扶住了额头,"你们先出去吧,我想一个人静一静。"

## 5

男孩很知趣地缄默不语,他不太明白为何苏枫总是一阵阵地出神。每次他都等到苏枫问到他时才开口回答。说实话他不太喜欢这种场面,他现在有些想回家了。家,想到这个词的时候男孩的心中有种温暖的感觉。尽管那里已是面目全非。他从小在那里长大,熟悉那里的每一寸空间。记忆中,他从两三岁起每隔几个月便要接受一次脑部手术,开始时他感到害怕,但次数多了之后也就无所谓了。他不知道每次手术都在他的脑子里加入或是取走了些什么,不过随着手术次数的增多，他越来越明显地发觉自己的脑海里不时地传来奇异的声音，眼前也经常晃动着不明来由的景象，就连他的语言表达方式也与他人有了不同。有一次他和一群小孩子在田野上玩耍时看到满天鱼鳞样的云彩，其中一个孩子说："天上钩钩云，地上雨淋淋，要下雨啦。"他却站出来纠正道："你弄反了，是因为要下雨了，所以天上才会有钩钩云。"当时，男孩看到站在一旁的林欣的脸上突然露出惊喜的目光。男孩直到现在也不理解为何林欣临死前会毁去家中几乎所有的东西，包括那些大部分由他亲自设计的仪器。当时林欣就像是疯了一样，脸色白得吓人，许久没有刮过的胡须乱糟糟地支棱着，眼睛里露出狂乱的光芒。

"你快死了。"男孩怯生生地说，他害怕地躲在书柜的后面。

林欣一愣，他缓缓地转过头来，"你预知到我就要死去？我怎么死的？"

"你死于自杀。"男孩低声回答。

"我是想自杀，不过我并不知道会在什么时候。现在你已经预感到了，也就是说我最多还能活十分钟。"林欣反而平静下来了，他点上一支烟，氤氲的烟雾中他与几分钟之前已判若两人。现在看上去他又有些像多年前的那个林欣了。他咧开嘴做了个笑的表情，"也好，我活在这个世上的确已没有多少意义。每天都要忍受病痛的折磨，而且……"林欣没有往下说，他怜爱地伸出手试图抚摸男孩的头，但男孩惊慌地躲开了。

林欣马上就明白过来了，"你的确让我骄傲。不错，你的预知又正确了，刚才我有一丝想杀死你的念头。"

"你不可能杀死我的，我的预知表明在你死后我还活着。我躲开你只是本能的反应，对不起。"男孩很老实地说。

林欣叹口气，"是啊，我怎么会杀死你呢。你是我一辈子的心血，也是我一生对与错的证明。对与错，我现在才发觉这个世界上有什么对与错值得用一生的幸福去证明呢？如果仁慈的上帝能让我拥有健康的话，我将耗尽我的余生去研究时间机器，我多么想回到从前，把当初摆错了的姿势再摆一次。"

男孩懂事地点头，"我了解你的心情。"

"不，你不会了解的。"林欣大声叫道，"因为那个问题，我失去了曾经拥有的一切。老师，朋友，所有最美好的东西都离我而去，还有她。"林欣的脸因为巨大的痛苦而扭曲了，他的眼中流出了泪水，"也许事实证明我对了，可我宁愿自己错了，那样我就可以回到老师的面前，请求他原谅我的年少无知，他一定会像以前那样拍着我的肩膀说'年轻人错了怕什么，年轻人最大的优势就是有改过的机会。'可是……"林欣直勾勾地瞪着男孩，"你居然证明我是对的。"

男孩不自主地退后两步，"你无法杀死我的，那是不会发生的事。"

"是的，你的预知中没有的事是不可能发生的。可为什么会发生这种事情？上帝让我把你带到这个世界上来究竟是什么意思？"林欣打了个冷战，神色清醒了一些，"让我想想，到目前为止你的预知还没有过失败的先例吧？那你有没有预知到我是如何自杀的？"

男孩的眼光瞟了眼阳台边上的一把做工精致的剃须刀，一抹淡蓝色的光芒在刀锋上闪动，"你拿着那把剃须刀……"

林欣大笑起来，直至笑出了眼泪，"上帝，你真是仁慈，让我取得这么辉煌的成果。这个孩子竟然一点不差地说出了我心中的想法。"

林欣止住笑，目光有些散乱地瞪着男孩，"你是我的杰作，你的能力是我赋予的。不行，我要证明你错了，你必须错，那样我就可以回到老师那里去，我就可以见到洁如和苏枫了。我要对他们说我错了，请他们原谅我。他们会原谅我的，一定会的，那样我们就又可以在一起了。看着吧，我会证明你是错的。哪怕只是一次，只要一次就够了，我就可以回去了。等等，你是说剃须刀是吧，我要扔了它，扔了它。"

林欣的精神陷入了极度亢奋的状态，一种狂热的光芒从他的眼中放射出来，他整个人都仿佛被某种预期的幸福感包围着。"剃须刀，剃须刀……"林欣念叨着，像一头猎豹般冲向阳台，速度之快根本不像是一个久病的人，他极度厌恶地抓住剃须刀，用尽全身力气想把它扔出去。但是他忘记了一件事：奔跑带来的巨大惯性还未消除，再加上扔出剃须刀的动作，更是让他失去了全部重心，于是男孩眼中的林欣就如同一只试图学习飞翔但却只有一身绒毛的雏鸟般重重地从离地面三十多米高的阳台跌落了下去。

男孩没有跟过去看林欣的伤势，因为在他的预知里林欣正是死于这一时刻，他仍然留在原地，口中低声地说："我是说你拿着那把剃须刀跳下了楼……"

# 6

苏枫叹了口气,把目光停留在了男孩身上。他轻声问道:"关于我们,林欣还对你说过些什么?"

男孩想了想,"他说他宁愿他自己是错的,这样他就可以回到你们身边了。我觉得直到死之前他的心中都一直这么想。"

"宁愿他是错的?"苏枫心中一凛,任谁也能听出这句话意味着什么。难道林欣真的找到了预知未来的方法?说实话,即使再过一段时间,自己真的涉及一宗谋杀,他也未必敢于相信这一点,因为这是与现行的一切理论相悖的。在15年前的那次世界物理学年会上,韦一江宣读了他和苏枫共同署名的划时代论文《现代物理学完备性论证》,这是迄今为止人类对于物质世界做出的最系统最完美的解释。它完全符合人类对所有物质现象的观测,并且成功预见了许多当时还没有发现的物质特性,使得人类对世界的认识提升到了一个新的高度。关于物质的本原、运动、因果性,以及时间空间与物质的关系等重大问题都做出了超出前人的可称为经典的解释,迄今为止,尚没有任何一件事实与之不相吻合。

对苏枫来说，那真是激动人心的一年，论文在这一年里顺利发表，恩师韦一江达到了他一生成就的巅峰，苏枫自己也崭露头角成为新生代物理学家中的佼佼者。而更重要的是，在这一年的秋天，也就是在林欣失踪一年之后，韦洁如成了他的新娘。婚礼的那一天，苏枫真的觉得自己是这个世界上最幸福的人了，直到多年后的今天他仍能清楚地记起当时的每一个场景。

"他是这么说的。"男孩认真地补充着，他无法漠视苏枫怀疑的语气，"不过我觉得他的确是正确的。我的预知说明了这一点。"

"可是你知不知道，如果你正确的话我们就全错了。"苏枫语气平静地说。

"我不太懂你的意思。你们的对错不应该由我的对错来判断，而应该由事件本身的结果来认定。"男孩露出天真的神情，"我的预知是否正确也遵照同样的标准。你说对吗？"

苏枫一噎，竟不知该怎样回答男孩的反诘。他笑了笑，不想在这个问题上与男孩纠缠下去，他握住男孩的一只手，"还是说说你们这些年的生活吧。过得好吗？"

男孩的神色黯淡了下来，声音也变得低了许多，"我不觉得自己过得好,我想老师也是一样。他的身体一直不太好,过多的研究工作彻底摧毁了他的健康。我们在经济上也有困难,有时候老师需要兼几份工作才能应付日常的开支。在我小的时候老师的脾气还好一点,后来却越来越坏,他的酒量也越来越大。"

"他学会了喝酒?"苏枫惊诧不已,印象中林欣最痛恨的就是酒精之类会损伤大脑的东西,他甚至拒绝喝任何种类的茶。

"他后来几乎每天都要喝接近四百毫升的烈酒,如果醉了就说些让人听不懂的话。他还总是念着你们的名字。"男孩的脸上露出害怕的神情,瘦弱的身子有些瑟缩。

苏枫的心中一阵心酸,他猛地把男孩拥进自己的怀中,从基因的角度上讲,他此刻拥着的其实就是林欣,"不要怕,以后你就跟着我们,这里就是你的家。大家都会喜欢你的。"

男孩有些茫然地看了眼苏枫,但旋即就释然了,苏枫温暖的怀抱让他不忍挣脱,"老师没有说错,他说你们是这个世界上最好的人。"

"孩子,不管你的预知是否正确我都会好好待你的。过一会儿你就和我一起回家去,那里比别的任何地方都要温暖。"苏枫有些动情地说，在他心中其实已经把这个小男孩当成了林欣。

"那里真的很温暖吗？"男孩流露出憧憬的表情，但他立刻想起了一件事情，"可是当年我的老师为什么要离开呢？"

苏枫怔了一下，仿佛没有想到男孩会提出这个问题。他的目光变得有些发散，口中喃喃说道："是啊，你的老师离开了我们。那已经是很多年前的事情了，可一切就像是昨天才发生……"

## 7

"我不能同意您的说法。"林欣已经有点激动了，他不理解为何老师会那么武断地认定他是错的，"微观和宏观之间并没有无法逾越的鸿沟，实际的情形应该是由微观决定宏观，这是不容置疑的。"

韦一江的脸色有些阴晴不定，印象中林欣从未像这次这样直接顶撞过他。在上次的争论之后他用了近半个月的时间来研究林欣提出的观点，想把它并入"现代物理学完备性论证"的体系中去。但随着研究的深入他发现这是不可能的事情，因为两者在根本上是互相排斥的。"现代物理学完备性论证"体系要求承认物质世界或者说至少是在宏观世界里必须是由原因来决定结果的，而林欣提出的观点所描绘的显然是一种因果虚无主义的世界。在那个世界里，原因根本不能决定结果，而只能说它们之间是平行的关系。就如同他在那个实验里描述的情形一样，结果也能反过来影响原因。韦一江清楚地知道这一点意味着什么，最起码它给"现代物理学完备性论证"体系制造了一个反例，而几乎倾尽他一生心血的这个体系仅仅从名字上看就是容不得任何反例的。在科学史上因为一两个反例而颠覆了整个理论体系的情形是很多的。最有名的一个例子就是20世纪初因为"以太运动"和"能量均分学说"两朵乌云而更改了几乎全部牛顿力学体系。不过从内心而言，韦一江坚信林欣的假设是错误的，他只是一时间还没能找到驳倒它的办法而已。

韦一江沉默了几秒钟之后缓缓开口道："就你说的那个实验而言，按照经典的量子力学解释，微观粒子的行为是抗拒做因果性分析的。在该实验的条件下粒子到底穿过了几条缝是一个没有意义的问题。"

"可您说的是'经典'解释，我觉得这种解释并没有真正解决问题，倒像是在逃避问题。我们现在起码可以说至少在某些情况下，结果可以反过来作用于原因，而这正是我提出预知理论的基础。按照这个理论当一个事件可能导致不同结果时，每一个不同结果会对事件发生的早期发生影响，因而产生不同的征兆，从这一点出发我们不难得到预知。"

苏枫有点不知所措地看着争论的双方，他有种插不上话的感觉。苏枫没有想到一个偶然提出的问题会带来这么大的麻烦，他现在根本不知道应该站在哪一边。从本意上来说他倾向于导师的观点，但很显然韦一江并没有成功地说服林欣。从客观的角度上看，苏枫甚至觉得林欣是处于上风的一方。林欣的每次发言几乎都让韦一江陷入沉思，看得出韦一江的内心正经历着艰苦的搏斗。

"可你知道预知意味着什么吗？"韦一江很罕见地脸红了，"在一个结果可以反作用于原因的系统里一切都是不稳定的，就如同逻辑学上的悖论一样。还记得罗素的'理发师悖论'吧，那个理发师规定自己只给不给自己理发的人理发。那么很显然，他将永远无法决定能否给自己理发。因为按照这个规定，他将因为给自己理发所以不能给自己理发，同时又因为不给自己理发而可以给自己理发。这个问题正好符合你说的结果与原因互相作用的情形，但这不是纯粹的文字游戏了吗？在严格的物理学范畴里何曾有过类似的现象？"

苏枫眼睛一亮，刹那间他几乎想大声欢呼"老师万岁"。这就是物理学大师的语言，短短几句话就道出了旁人无法想到的东西。没有比这种比喻更贴切的了，在苏枫看来胜负已判，仅凭导师的这几句话就足以结束这场本来就不该开始的争论了。想到又可以回到以前那种和谐的生活中去了，苏枫的心中充满了喜悦。

林欣蹙紧了眉，但这个状态只持续了一秒钟。没有人能够知道在这一秒钟里他的大脑里究竟发生了一些什么事情，但当他的眉头舒展开来之后一切都有了答案。他有些局促地说："有的，在物理学范畴里有这样的现象。"

苏枫怀疑自己听错了，他转头去看着韦一江，发现他也是一脸难以置信的表情。苏枫回过头来瞪着林欣，就像是看着一个陌生人。他从未想到过悖论这样的逻辑问题会在真实的物理世界里找到对应现象——那绝对是不可能的事情。

林欣只说了两个字："电铃。"

韦一江的脸一下子变得惨白，看上去就像是在一瞬间被什么东西击中了一样。是的，电铃。电铃的原理决定了它正是因为通电所以断电，同时因为断电所以通电，于是它不停地振动。

良久之后，韦一江叹了口气，"也许我真的老了。"他又看了眼桌面上的"现代物理学完备性论证"的手稿，眼中浮现出复杂至极的神情。

苏枫在一旁叫道："这只是极个别的特例，不能说明问题的。对'现代物理学完备性论证'构筑的庞大体系根本构不成冲击。在体系内解决它只是时间的问题。"

苏枫的话提醒了韦一江，他的精神振作了一些。的确，在科学史上不乏类似的先例，有时候人们必须等待诸如新的实验条件等因素的出现方能完全证实自己的理论。就如同当年狭义相对论问世不久后的1906年，考夫曼提出他的高速电子荷质比实验结果不利于狭义相对论，但事后却证明这个实验得出的结论是错误的。

"可是我看不出在体系内解决这个问题的可能性。"林欣坚定地摇了摇头，"这根本就是完全对立的。我认为'现代物理学完备性论证'体系肯定是不完善的。"

韦一江深深地看了一眼曾经最让他得意的学生，就如同看着一个令他恐惧的陌生人。林欣的每一句话都像是锋利的刀子一般戳在他的胸口上。他感到自己的血液正在慢慢变冷，越来越冷。

"你的意思是叫我放弃发表'现代物理学完备性论证'的论文吗？就因为你关于预知的假说？"韦一江的语气变得比他的血液还要冷，"你真是我的好学生。"

林欣没有注意到韦一江的语气变化，他还沉浸在自己的思路里，"这不是假说，我认为这是可以实现的。"

韦一江大声笑了起来，"想不到我居然教出了你这样的学生。如果让人知道我生平最得意的学生居然相信预感之类的歪门邪道的话叫我的脸面往哪儿搁？"

苏枫看出情形有些不对，他急忙拽了拽林欣的胳膊说："不要再说了，你快向老师认错。"

出人意料的是林欣挣脱了苏枫的手，他的脸涨得通红，但是神情却是义无反顾，"我没有错，我会证明给你们看的，到时你们会知道是谁的错。"

韦一江用力扶住椅子的把手，"好，那么说是我错了。既然你比我正确我还怎么敢当你的老师？"

苏枫大惊失色，他听出了韦一江这句话中的意思。他再次拽住林欣的手臂说："你不要和老师争了，就认个错吧。"

林欣仿佛没有听见苏枫的话，他的嘴唇微微发抖，脸色苍白，整个人像是痴了般。良久之后，他才轻轻转头扫视着屋子里的另外两个人，眼中有决绝的光芒闪现。过了一会儿，他开始缓步朝外面走去，口中低声重复着："我会证明给你们看的，我一定会的。"

韦一江脸色苍白地看着林欣，痛苦与爱惜的神情混合着在他的眼底浮动。苏枫几次想伸手去拉住林欣都被他用目光制止了。韦一江希望林欣自己回过头来，但他失望了。

林欣在校园里漫无目的地走着，不知何时天空中飘起了小雨，落在身上让人感到丝丝凉意，他这才想起秋天已经快要过去了。这时他依稀听到远处有人在呼喊他的名字，好像是韦洁如的声音。洁如，不知怎的，此刻一想到这个名字林欣心中就会泛起一种疼痛的感觉。洁如，洁如，他在心里反复吟唱着这个名字，宛如吟唱一首钟爱的歌，两行泪水自他的脸颊滑落，但内心一个更为倔强的声音却驱使他的脚步朝着相反的方向奔去。

# 8

苏枫猛地打了个冷战，他突然觉得自己怀中的男孩变得很陌生。

你这是做什么？他问自己。这个男孩是林欣的化身，他为什么要回到这里来？难道仅仅是来告诉自己那桩可笑的谋杀事件？不，他回来是想做一个证明，他要证明当年的林欣是代表真理的一方。他想要摧毁自己拥有的一切，他想要老师为当年的事情认错。他还要向这个世界大声宣布他才是真正的胜利者。还有洁如，她很快就会知道当年林欣为什么会离去了，她会怎样看待自己和她的父亲？

"我想起一件事。"男孩兴奋地说，"老师说过你曾经给他的理论指出过一处缺陷，好像是在他第一次同你讨论预知问题的时候。"

"缺陷？"苏枫愣了一下，但他立刻想起是怎么回事了，他淡淡地笑了一下，"我的确和你的老师讨论过一个问题，不过也许那不应该称作缺陷。"

"为什么？"男孩不解地问。

"你好像说过现在你只能准确预知600秒钟内发生的事情，对吧？"

"是的。"

"按照当年我们的讨论结果，可以证明你其实已经具备了准确预知更遥远将来的能力。"

"真的？"男孩的眼睛亮了起来。

"当然是真的，证明的过程很简单。我举个例子，假设在今天中午12点整会下一场雨,那么显然你在上午11点50分的时候就能准确预知到这一事件。那么基于同样的理由,你将在11点40分的时候预知到'你在11点50分的时候预知到在12点整会下一场雨'这一事件,而这实际上等同于你在11点40分就准确预知到在12点整会下一场雨。只要以此类推,岂不是可以几乎无限地扩展你的预知范围了吗?"

男孩聚精会神地听着,他偏着头思考的样子看上去有几分顽皮。但他很快就弄明白了是怎么回事,一时间他高兴得快要蹦起来了,"对啊对啊,是这样的,我怎么没想到这一层呢。原来竟这么简单,老师早该告诉我这个方法嘛。"

男孩待不住了,他挣出苏枫的臂弯一屁股坐到了地上,"我现在就要试试这个方法。现在是上午十点半,我现在就来预知上午11点会不会下雨。"男孩说着话便闭上了眼睛,仿佛进入了入定的状态。

苏枫笑了笑,"为什么不预知更久一点。至少应该到12点吧。"

男孩犹豫了一下,仿佛觉得有什么地方不妥,不过最后他还是用力地点了点头说:"那好吧,就12点。"

苏枫面无表情地看着那个男孩,在他的感觉中,男孩的脸和记忆中林欣的样子已经完全重叠在了一起。"风雨故人来",不知为何,苏枫的心中突然划过这样一句说不清来处的诗。对每个人来说,故人往往意味着一些过往的旧事,而故人到来的时候为何又常常伴随着风雨呢?苏枫轻轻叹了口气。

男孩的额头上渗出了汗水,两团不正常的潮红在他的脸颊上显现出来,而他的嘴唇却变得有些发白。

"你这样说倒是让我为难了。"林欣苦恼地拍拍头,"这样推理下去,的确能得出我们可以预知永远的结论,但这个结论却又的的确确是从'只能预知几分钟'这个假设推出的。很明显,这里产生了一个悖谬。"

苏枫很高兴自己难住了林欣,"就是嘛,这分明是一个死结。单凭这一点就可以判断预知问题是没有意义的。"

"那倒未必。"林欣很自信地反驳,"你这个想法可以表述为'预知自己的预知',属于数学上的递归问题,也就是一种调用自身的函数。对于递归问题的处理一般都受限于递归的层次。也就是说,必须在满足运算的精度要求之后跳出去,否则将陷入无限循环之中。"

苏枫在心中低叹了一声,隐然有"既生枫,何生欣"的意味,不过他并未死心,"在预知问题上存在的递归性难道不是一道障碍吗？"

"所以我觉得我们始终只能做有限的预知。当然，如果在技术上有突破的话，预知的时间范围肯定可以加长。"

苏枫若有所思，"如果我们强行进行这种递归式的预知会带来什么结果？我的意思是说，如果我们希望得到相当长时间的预知结果的话。"

林欣想了想，"那样做将导致计算量呈几何级数增长，如果由电脑来做这样的事将产生'程序狂奔'，而如果由人脑来做这件事情的话，"林欣顿了一下，"这个人肯定会累死。"

男孩的身体开始有些摇晃，汗水湿透了他的衣服。同时他呼吸的声音也变得很不均匀，不时会突然拉出一声古怪的长音。男孩的嘴微微嚅动着，念念有词，而他的脸上已是一片蜡黄。

苏枫看了一下手表，现在是差一分钟12点。如果没记错的话，男孩曾说过在这一时刻会有一桩谋杀事件发生。苏枫默默地走到男孩身边蹲下来，把耳朵凑在男孩的嘴边想听清他在说些什么。

"……啊，12点了。真的在下雨，好大的雨……把世界冲得干干净净……"男孩的头突然一偏，口中的话像被刀斩断般戛然而止，整个身躯也软软地倒在了地上。

苏枫怔怔地看着这一切，心中竟然麻木得没有一丝感觉。过了好一会儿他才如梦初醒般地站立起来，拍去身上的灰尘。之后，他开始收拾讲义，但他的手有些不受控制地颤抖，使得那些纸页似乎总是放不对地方。

是回家的时候了，想到温暖的家以及家中的洁如和孩子们，苏枫的心中稍微平静了一些。今天中午说好去导师家吃午饭的，他们现在一定都有些等不及了。他回头看了眼倒在地板上就像是睡着了的那个男孩，没有伤痕，没有暴力的迹象，看上去只是一次类似于心脏病发作那样的自然死亡。苏枫拿起讲义朝教室外走去，到了门口他才发觉外面已经起了很大的风，在这个季节里这是很少见的情形。苏枫裹紧了衣服走出门去。

快下雨了，苏枫想，而且会是一场很大的雨。

---

何夕，科幻作家，中国作家协会和中国科普作家协会会员。他擅长创作宏观科学未来、讨论人性善恶，将科学幻想和社会现实密切融合；代表作包括《爱别离》《人生不相见》《天年》《六道众生》等，多次获得全球华语科幻星云奖，17次获得银河奖。

## 名师大语文

### 名师导读

这篇文章的开头设置悬念，通过回忆的方式对故事情节的发展进行了补充介绍。故事的主线是一个凭空出现、具有预知未来的超能力的小男孩找到大学教授苏枫，告诉苏枫他预知到苏枫将会卷入一场命案，通过男孩的叙述读者了解到了苏枫和天才好友林欣分别之后林欣的命运及男孩的来历。通过苏枫的回忆补充了故事的前因——为什么会有男孩的出现，以及事情为什么会发展成现在这样。这种穿插的表述既在情节构成上互为辅助，也在表达上实现了一种主体在场的感觉，从而让故事中的人物形象变得更加饱满。

### 理发师悖论

20世纪初，数学界甚至整个科学界普遍认为，数学研究的系统性和严密性已无懈可击，科学大厦基本建成。德国物理学家G.R.基尔霍夫说："物理学已经无所作为，至多也只能在已知规律的公式的小数点后面加上几个数字。"1900年，英国物理学家开尔文在回顾物理学的发展时说："在已经基本建成的科学大厦中，后辈的物理学家只能做一些零碎的修补工作了。"同年的国际数学家大会上，法国数学家庞加莱宣称："现在看来，数学的严格性已经实现了。"然而不到两年，罗素提出了"理发师悖论"——

在一个村子里有一位理发师，这位理发师声称："给且只给那些不给自己理发的人理发。"请问理发师是否要给自己理发？如果理发师不给自己理发，那么根据定义，他要给自己理发；如果理发师给自己理发，那么根据定义，他不能给自己理发。

类似理发师悖论的一系列逻辑难题被称为罗素悖论，困扰着很多数学家。"难道整个数学体系都出现了问题吗？"看似无解的罗素悖论一提出就在当时的数学界与逻辑学界内引起了一场大地震，更引起了各领域科学家们对于数学基础的普遍怀疑，甚至引发了第三次数学危机。

## 思维拓展

我们经常会说命运掌握在自己的手中，但很多人还是渴望拥有预知未来的能力，那么如果一个人拥有预知未来的能力就一定能够改变自己的未来吗？故事中的男孩具有预知未来的能力，但是却没有办法改变未来发生的事情以及自己的命运,如果是这样的话,你还愿意拥有预知未来的能力吗?或许作者也是想借这个故事提醒我们,还是要抓住当下,做好当下,才不会在未来的某个时刻空余悔恨吧。

你会想象自己拥有预知未来的超能力吗?故事中的男孩为什么会在预知未来的时候突然死亡呢?苏枫提出的递归性问题究竟是怎么回事呢?你可以在阅读中摸索答案,也可以和作者对话探讨故事的真相,还可以在未来的学习中一点点靠近问题的本质。无论怎样,你已经开启一段探索的旅程。

# 嗣声猿

梁清散/著

法华寺的傍晚,乌鸦成群。

谭嗣同刚刚又和同门畅谈过未来,走出寺门,看到婆娑树影下的两个人,愣住了。

个子高的那个,圆头圆脑的,本来是严肃的军人,见到谭嗣同出来,竟是一脸的憨笑。这个人正是前段时间,受康有为之邀加入强学会、共谋维新大业的袁世凯。只不过,这家伙虽然名义上是强学会的人,却一直举棋不定,游离在外,着实让谭嗣同烦恼。但现在根本不是烦恼墙头草袁世凯的时候，因为他身边那个人……他个子不高，远没有袁世凯孔武粗壮，却透着一种由内而外的金黄光芒。

"圣、圣上？"谭嗣同双眼都快瞪出来了，竟一时忘了应行的礼仪。

此人正是当今光绪皇帝。

谭嗣同还在惊异之中，袁世凯一个跨步，就像一个老朋友一样，把他拉到了一边，低声说："别声张，圣上知道危险，所以……"袁世凯偷眼看向光绪帝，"现在只求赶紧回家。"

"回家？"谭嗣同也偷偷看了看光绪帝。

这位手握着维新变法命脉、年纪轻轻的皇帝，此时一身贵公子打扮，站在金红色夕阳余晖下，仰头看着天上响着鸽哨的鸽群。这个时候，圣上应该在宫里看折子，筹划接下来维新的步骤和方针才是。谭嗣同不禁沉吟许久，心里仔细揣摩"回家"二字意味着什么。

"正是。"袁世凯变得更神秘兮兮，"现在就问你帮不帮忙吧。不是我老袁夸口，你们强学会，只有你能办得到。圣上也说了，唯有复生一人信得过。所以，圣上才一直等到这时候，别人都走了，才过来。"

听到这话，谭嗣同脸都绿了，可是光绪帝就在一边，不可能发作。这是个无法拒绝的任务,他只好咬了咬牙,询问起具体细节。

"你就别问圣上是怎么出来的了,那些与你无关。况且,圣上不是要回宫里,而是要回颐和园。圣上说了,玉澜堂那才是家,有的是和老佛爷相依为命的回忆。"

你一个粗人说出这样的话,恶不恶心……谭嗣同心中不快,但没敢多嘴。

"颐和园……"谭嗣同看了看天色,西边的金红早已褪色,大概将近戌时。

"圣上现在就应该在玉澜堂里!"袁世凯见谭嗣同还在犹豫,把语气加重了不少,"明天一早,老佛爷就要回颐和园,如果没见到圣上。哼!我想老佛爷她老人家绝对会迁怒到你们强学会身上。全都是你们强学会拐跑了圣上。"

谭嗣同倒吸口凉气,这个袁大头所言不假,维新最关键的时刻,最不能招惹的就是老佛爷……

"圣上肯定不能暴露身份,对吧!"

"废话。"

"现在进城,关城门前不可能赶到西直门出城,所以只能走城外。"

看到谭嗣同进入正轨,袁世凯满意地点着头。

"但到了西直门那边，还是有问题。"谭嗣同皱起眉头，"出了白石桥，就开始有八旗兵营的驻兵。别说圣上不能露面，盘查起来，就连你这个袁大脑袋，怕是也会麻烦缠身。"

"哼，要是那么容易就回去了，还来找你干吗？"

"陆路马车，太过招摇，声音也大。我想到一个方法，还是城外到西直门，弄一条船，走高梁河，静静悄悄直接到昆明湖口。接下来只要找个地方翻墙进去，直接过了文昌阁，就回去了。"

"你想得太容易了，现在局势有多紧张，你也知道。就这么跟你说吧，昆明湖边上一直到文昌阁，早就安插了十来个老佛爷亲信的小太监。就问你敢从哪儿翻墙进去？"

谭嗣同又皱了皱眉，这事本来就是强人所难……

"那只能……中途转道走万泉河，去海淀镇。"

"去海淀镇干吗？"

"现在哪还有时间犹豫，到了海淀镇再说吧。"

袁世凯无话可说，拍着油光锃亮的脑门，说："得得得，都听你的。我去叫辆车。"

"直接找寺里的车，这附近只有法华寺信得过。"

很快，袁世凯就在法华寺里找了辆带顶篷的马车，抓了个小和尚来赶车。袁世凯竟和光绪帝一同坐到车里，而谭嗣同坐在赶车的小和尚身边，时刻观察着路上情况。

或许因为谭嗣同洞察秋毫的敏锐观察力，他总能在最早的时机，就叫赶车的小和尚驱车避开有可能遇到的路上盘查危机。虽是花了不少时间，终究还是贴着北京城的城墙根，往西北一路走上来，到了西直门城门楼外。

西直门外，一片芦苇荡，时已渐近中秋，秋风习习，黑夜中一片空寂苍茫。

在芦苇荡四周，倒是有几家酒肆，只不过他们多是做白天从城外过来的骆驼队生意，城门一关，他们也都纷纷收摊睡觉。没一家开着门。

见是找不到合适船家，袁世凯又开始急得跳脚，左顾右盼，抓耳挠腮。幸好光绪帝还在车内，多半没受到袁世凯情绪的影响，还算平静。谭嗣同立刻把袁世凯拉到一边，喝止了他焦躁的情绪，说前面就是真觉寺，有法华寺的小和尚在，肯定能借到船。

在西郊，陆地上多走一里都多一百分被发现的危险。这一点，就算看似沉着的谭嗣同，也是心知肚明，只是此时，仅有此法。

幸好有法华寺的小和尚，在真觉寺借船十分顺利，再加上是寺院的船只,通过河南岸的畅观楼时,避开了盘查。北京西郊的河道四通八达,就算原本不相通的高粱河和万泉河,为了防汛,都被挖通,还蓄了个水池在河道交界。

海淀镇算是城郊繁华之处,伴着一片不小的湖水成镇,基本上一半是渔民,一半是商人。时近中秋,这繁华之地正是开始张灯结彩的时候,他们摇着橹划进湖中,看着岸边酒肆商铺映在湖中的灯影,影影绰绰。

可惜一船四人没有时间也没有条件欣赏繁华美景。

找了个不起眼的码头停靠,他们一头钻进旁边的寺院。

"行了,到海淀镇了,接下来怎么办?"刚关上寺门,袁世凯就迫不及待地问道。

"怎么办?"谭嗣同意味深长地看了他一眼,"接下来就有劳袁大都督跑一趟了。"

这么一说,袁世凯瞪大了双眼,"我?你是说让老子我跑腿?"同时,他瞥了一眼那个已经累得瘫坐在地上揉胳膊的小和尚,示意应该去跑腿的人到底是谁。

"别推辞,只有您去办才行。"

"凭什么?"

"因为送圣上回家,在下是总领,而在下信不过你。"

"……"袁世凯又看了看光绪帝,没有收获任何应允与否的回应,"得!老子认了。你说吧,让老子跑什么?"

"香厂子胡同,雷宅。"

"样式雷他们家?"

"正是。"

"都这节骨眼了,找个工匠家干吗?"

"借样东西。"

"得,不多问了,知道多问,你还得跟老子冷嘲热讽。把要借的东西交代清楚,省得老子弄错。"

语毕,谭嗣同便开始给袁世凯交代,该如何和臭脾气雷廷昌打交道,如何在不暴露使用目的情况下把东西借出来……

袁世凯听得不耐烦,摆了摆手说:"这点儿小事,老子还办不妥?"便开了寺门出去。

见袁世凯不在,一直紧绷的光绪帝竟松下口气。这倒是谭嗣同没有预料到的,其中或许还有缘由,只是君臣之间不好多问。

"朕是想回宫里见见珍妃。"还是光绪帝自己绷不住直接开口,苦笑了一下,"结果……没想到一个人连北京城都进不去,还被老袁给撞上了。"

"陛下,现在不是儿女私情的时候。"

"她的思路比朕清晰得多,可惜是个女儿身。"

一时间,整座寺庙小院陷入了沉寂。时不时,传来寺外街道上的小贩叫卖声、吃酒划拳声、男男女女的嬉笑声。海淀镇不是北京城,没有城墙,不关城门,只要兜里有银子,只要还有人想赚银子,镇子可以永无黑夜。

"这就是平常人,家的感觉?"

墙外的喧闹,随着院门打开,就像热浪一样扑了进来。袁世凯已经背着一人多高的大木箱,满头大汗地回来了。

"去你奶奶的谭嗣同!"一进门,袁世凯就大喊大叫起来,"你们是串通好了吧!这他妈的一整箱子的玩意,老子一个人从一里开外的地方背过来,跟他妈的力巴儿似的,我他妈的……"

"轻点放。"

谭嗣同已经一个箭步到了袁世凯身边,像接个孩子一样,从袁世凯背上将大木箱卸了下来。

"是是是,轻点放。雷什么鸟的,也跟老子嘱咐了一万遍。老子是欠你们全家的。"

袁世凯擦着汗,一屁股就坐到身边的石凳上。刚坐下,才意识到光绪帝在场,立马又站了起来,连忙向皇帝磕头赔罪。光绪帝摆了摆手,袁世凯方安心了些。

站起身来的袁世凯，也平静下来。而此时，他反倒对自己背回来的大木箱好奇起来。他悄悄走到谭嗣同身边，问："这玩意里面藏了什么机关？雷老头神神秘秘的。别回头是让老子背圣上进颐和园。不是说老子不愿意背，圣上龙体也不能坐到这么个破木箱里，你说是吧？"

谭嗣同没有理袁世凯，把他晒在了一边，然后围着大木箱转了一圈，抽掉各处的机关构件，最后就像打开一个纸盒一样，大木箱打开了。

大木箱里面，塞得满满当当，看上去全是搭房子或者搭家具用的木头构件。

"怪不得这么沉，装了一个柜子吧。"

袁世凯嘀咕着，但也知道现在自己应该帮谭嗣同把这些木头构件都从大木箱里取出来。

在这些木头构件中，原来还有好几箍粗粗细细的牛皮筋。当他们把构件分大小、长短、榫卯，以及牛皮筋都依次整齐地摆在院子里后，大木箱中还有些机械元件，随后也一同被拿了出来。最后木箱里剩下的只有一个夹层，打开夹层，里面竟是西洋仪器玻璃瓶，玻璃瓶是茶色，里面装着不知是什么的药水，以及两张样式房专有的烫样（实体房屋的立体拼装模型，供工匠搭盖房屋时参考）拼装图纸。

谭嗣同根据其中一张图纸，一点点开始组装。

在组装的过程中，谭嗣同不得不赞佩样式雷的工匠技艺之精湛。眼前正在组装的这个东西，他早有耳闻，据说是样式雷家族复原出了早已失传的这项技艺。相传早在盛唐，这东西由木头造出，靠巨大的牛皮筋为动力，带动向上和向前的螺旋桨，成了可以飞行的巨船。这样的飞行巨船，甚至还能带着大唐军队远征高丽。传说中的东西，就摆在眼前，不由得让谭嗣同惊叹。

组装确实有不小的难度，比搭盖一间房子还要复杂许多。但最难的，恐怕更是在多根牛皮筋的安装上。

牛皮筋的安装方法，则是在另一张图纸上。

这张图纸与前一张有着诸多不同。不再是搭房子一样的拼装结构图，一上来竟是两只画得惟妙惟肖的手。全都是右手，右边一只，拇指食指中指三根手指，每根手指指向不同的方向，构成相互垂直的三个位面。拇指上标注"甲"字，依此食指"乙"字，中指"丙"字。左边一只手，则是四指握紧，立起拇指，在拇指顶端，画有一条和四指指尖指向相同的方向线，写着"甲对子、乙对丑、丙对寅"。

谭嗣同又仔细看了看这张图，大体明白了思路，随后转向袁世凯，问："雷老先生应该还给了你一张图吧？"

袁世凯支吾了一声，多少有些不情愿，但还是从怀里又掏出一张图。

这张图不是样式雷家族祖传下来那张颐和园设计图纸，而是在光绪初年，雷廷昌受命重修颐和园时新绘。

谭嗣同拿着颐和园图纸，在昆明湖东岸一边，比比画画，又是丈量又是在地上用石子写字演算。终于在地上列出了一长串"甲寅十三、丙丑二十、甲子六……"这样不明所以的字迹。

随后，再按照那串文字，谭嗣同开始将不同代号的牛皮筋往已经装好的木架飞行器上扭，有的方向的牛皮筋扭上十三下，有的方向的牛皮筋则只扭六下……

许久，谭嗣同擦了一把汗，看起来像是大功告成了。一架根据谭嗣同演算编程装配就绪的木架飞行器，就完成安放在了海淀镇的这个不知名寺院里。

"这东西能干吗？"袁世凯皱着眉头瞅着这怪模怪样的玩意。

"肯定不是你所想的那样，比如说带着人飞到天上。"

"我没那么傻！"

"帮忙把照相机装上吧。"

原来那套机械设备，是可以把人拍到纸片上的照相机。

袁世凯和谭嗣同一起，将那个笨重的照相机装到了姑且被称为雷氏飞行器的下面。

"这样就好了？"袁世凯还是有些不放心。

谭嗣同看了看组装完毕的雷氏飞行器，深吸一口气，说："只有一次机会，希望不出差池。"

随后，他果断地拔掉制动阀门，牛皮筋的力量终于可以释放，飞行器顶端的螺旋桨发出沉重的旋转声，声音越来越有力，飞行器就此缓缓升天，向着西边飞去。

螺旋桨的声音过不多久就远去了。

"照相机的快门，也是用几股不同的牛皮筋编程出来。"

"老子不懂这些，你别把事搞砸了就行。"

袁世凯不屑地说着，径自坐到一边，靠着一棵槐树，打算睡上一觉。

光绪帝早就进了寺院大殿里休息，现在只有谭嗣同一人，凝视着挂有一牙新月繁星点点的天空，心中满是期待和不安。

大概过了两刻钟的时间，终于又听到了螺旋桨扇动空气的嗡嗡声。

闻声,就连已经入睡的袁世凯都一跃而起,看向了星空。

那架带着照相机的雷氏飞行器,就像有人驾驶着一般,缓缓飞回寺院,在方才放飞的位置不远的地方,有模有样地降落了。

刚好最后一根牛皮筋释放出了全部扭力。

谭嗣同无暇关注自己所计算的公式是有多么精准,见飞行器着陆,他第一时间跑到照相机前,熟练地抽出底片,又拿起大木箱里装有的药水,钻进了大木箱,并关上了方才打开的木门。

又是将近一刻钟的时间,谭嗣同拿着七张刚刚显影成功的照片,从封闭的大木箱里走了出来。

他拿着照片和颐和园的设计图纸,对着看,在图上画了不少墨圈标记,终于胸有成竹了。

"送圣上回玉澜堂不成问题了。"

"本来就不能有问题!"袁世凯没好气地反驳道。

"现在还得请你帮个忙。"

"不是'不成问题'了吗!"

"一些小问题。"

"一些……"

"袁大都督，您一个老佛爷身边的红人，在下只是想请您帮忙简单介绍一下能看到的小太监们都姓甚名谁，有什么嗜好之类。"

让谭嗣同这么一说，袁世凯已经是一脑门子的问号。

"现在只是静态位置图，"谭嗣同认真起来，"虽然也可以临时观察，步步突破，但那样一来费时费力，况且你我这样还好办，圣上未必能自始至终把步调贯彻到底，万一出了差错，你负责？万一耽误太久时间，他们换岗了，你负责？"

"得得得！都是你说了算。"

"我还没说完，二来在下不才，刚好善于洞察人情，如果既知道他们的任务，又能了解到他们是什么样的人，"谭嗣同用食指敲了敲自己的脑袋，"我就能在这里模拟出他们每个人巡查的动态路线。"

"这未免有点太玄乎了吧！我说你有这么大本事，干脆先来洞洞老子我啊。"

袁世凯说完，发现谭嗣同真的意味深长地盯着自己了，不由得打了个寒战，连忙去拿照片。月是新月，他只好借着墙外的光，眯着眼睛看。

"嗬！老子还真认得出个大概。"

如果说谭嗣同脑袋里全是计算式的话，恐怕袁世凯的脑子里就装满了各式各样的人。对于一个常年带兵打仗的人，军营里日日练兵，对人过目不忘，算不上什么值得夸耀的才能，只是竟能通过这么不清晰的照片，仅从模糊的身影就把所有巡查小太监都认了出来，多少让谭嗣同吃了一惊。袁世凯这个人，绝非池中物啊。

有了袁世凯的协助，谭嗣同把方才已经标记上的墨圈丰富起来，以每个墨圈为起点，画出多条闭合曲线，这些闭合曲线有的绵长弯曲，有的短平笔直。全都画毕，谭嗣同掏出了怀表，看了看时间，又在脑中验算起什么。过了些许时间，他提笔从高粱河入昆明湖闸口开始，画出一条穿过每条闭合曲线的折线，直穿文昌阁，最终从玉澜堂殿北的后门回到玉澜堂。画完这条漫长的折线之后，还没有结束，谭嗣同把笔尖重新调转回最开始的起点，拿出怀表，一边念念有词嘀咕着什么，一边在每一个折线与闭合曲线的交点上标注上时间，该时间精确到分钟。

"好了。"

大概是太过聚精会神，又消耗了大量脑力，谭嗣同放下笔，拿起图纸检查时，右手一直在用力揉捏着自己的太阳穴。

"圣上是不是已经睡下了？"谭嗣同向寺院大殿里看了看。

"或许吧，我去叫圣上。"

"袁兄——"

"啊？"

"谢谢。"

"你小子突然脑袋磕出坑了？为了圣上，没必要跟老子客气。你们这种读书人，真是让老子从头厌恶到脚。就算你跟那个大刀王五学过两下子，也照样是个酸书生。还有，别跟老子这儿叫什么'袁兄'，袁和兄两个字放一块，总让人觉得不自在。"

袁世凯叽里咕噜地说了起来，嗓门不小。或许正是因为他吵吵嚷嚷，光绪帝从寺院大殿出来了。

谭袁二人再加上那个小和尚，立刻都跪拜行礼。礼毕，谭嗣同便将方才绘好的图拿给光绪帝看。把路线和每一个必须掐准的时间点，都交代给光绪帝。

光绪帝自然记不下这么多，谭嗣同咬了咬牙，知道自己必须带着皇帝跑完这条路。他转身跟袁世凯说："袁兄，接下来送圣上回玉澜堂就由在下一人完成，不知你放心得下否？"

袁世凯不置可否地撇了撇嘴，向光绪帝再磕拜行礼后，一把拉着那个小和尚就走，同时，骂骂咧咧地说："人家用不上你了，你他妈的怎么一点都不知趣。"随后，出了寺院。

"圣上。"谭嗣同无暇顾及太多，只是走到光绪帝身边，打开怀表，"五分钟后，12点钟准时出发。臣斗胆恳请圣上，直到回到玉澜堂，都能紧随臣身后，不得半点偏差。"

"全听复生你的。"

光绪帝虽说是立宪的主张，思想却更贴近共和，言语自然平权一些。皇帝可以这样做，谭嗣同不敢，君主终究是君主。

时间到，二人出。

还要再撑船，从海淀镇走水路到了颐和园东墙外附近。

在东宫门内外，巡查的小太监更多，因此谭嗣同才会把起点定在闸口。沿着墙根，君臣二人到了闸口。谭嗣同抬头看了看围墙，刚好旁边有棵槐树，可以借力上去。他跳上墙头，伸下绳索，将光绪帝硬生生拉了上来。

跳到事先计划好的树后，谭嗣同先是打开怀表确认了一下时间，随后健步向早就设计好的另一个角落跑去。光绪帝紧随其后。

两个人目不斜视地向前跑，正好在第一个小太监走向最远端的背后。

"复生，你的时间算得好准。"

这不是讲究礼仪的时候，谭嗣同没有理会光绪帝，只是紧盯怀表的指针，时针一跳，他再次缩着背冲了出去。光绪帝只好一闭眼，又紧跟了上去。

有如神算，谭嗣同只是盯着自己的怀表，时而前冲，时而隐藏，两个人脚步不停地恰好完全躲开所有巡查小太监的视线，折线前进，一路跑到了文昌阁。

和刚才一样，谭嗣同看着怀表，时针一动，正要再往前进。突然发现，文昌阁的门洞里，竟还有一个人。那刚好是飞行器拍摄的死角，千般小心也还是忘记了这样一个死角……

谭嗣同一下又缩回隐蔽的树丛，看了一下表，时间还有，此时只能铤而走险。他转过身来，低声让光绪帝在树丛中稍等片刻。自己便又冲了出去。只是一瞬，他已经急速且悄无声息地到了门洞中半睡半醒的小太监身边。在小太监完全不知发生什么的情况下，谭嗣同已经一个手刀，将其无声地击晕。

他不敢停歇，从文昌阁的门洞探出头来，观察了一下全场巡查小太监,掐准时机,一个急行,又回到了躲在树丛中的光绪帝身边。就在回来的途中,谭嗣同的大脑一点没有停转,过了文昌阁,还有四个小太监,他脑内已然开始迅速计算,急速之下一张崭新的时间表浮现。

几个新的时间点已经算好,谭嗣同重新盯着怀表等待时针跳动。

接连四次,依旧准确无误的跑动,最终两人一同全须全尾地到了玉澜堂北山墙下的后门。

"复生,朕在此对你真心道谢。"

这是光绪帝与谭嗣同所说的最后一句话,随后他自己推门进了玉澜堂。

又在门外等了一小会儿,确认屋内没有任何异常发生。谭嗣同才决定返程。不过,他忽然想起方才文昌阁门洞下的那个小太监。虽然就那样放着不管也不会出什么差池,等他醒来顶多只会引起一小撮的骚乱,随后几天增加人手巡逻而已,但刚才情急之下不知是否下手太重,万一危及了生命,自己岂不将内疚一生。

想毕,谭嗣同几个闪身又回到了文昌阁门洞底下。小太监还没醒来,谭嗣同到他身边,简单检查了一下。只是昏厥,没有伤到要害。

他方且放心下来，正打算就此离开，脑中却忽然又浮现出袁世凯走时的背影……

信不过他！一丁点都信不过！这个袁世凯从一开始就站在老佛爷那边，怎么可能信得过！

这样想来，谭嗣同突然不打算立即离开了。方才看颐和园的图纸时，他就已经注意到新设在颐和园内的电报房位置。深夜的电报房，不会有人把守，干脆趁机确认一下，是福是祸，都要提前心里有数。

他一个人行走在颐和园内，远比带着皇帝一起要轻松快捷得多。不必再看什么怀表，只要小心环境，走不多时就到了电报房。

果然无人，更幸运的是，不仅外面没人把守，里面也没人值班。这样一来又免了一次动武的麻烦。

电报这种东西，不外乎是些电码传送，只要知道接受电码的收报机特有代码，它所接收的内容就都有机会查看。刚好，因为维新的长期准备，谭嗣同早已获取了宫里电报房的几台收报机代码。他靠现场的发报机，直接敲送一连串电码给电报局的分拣机，那里他早就预留了可以临时记录宫里电报内容的电码程序。宫里电报房这一天所收发的电报内容，就此截获。

果然！

果然有人给宫里电报房敲过电报！

当一条条电报打出来，谭嗣同认真阅读的时候，他发现了在这一天下午大约申时，一个电报打进了宫里电报房。

而电报的内容……

谭嗣同看到这里，全身冒出了冷汗。

情况比自己想象得还要严重！这条电报竟然说，维新党打算在八月初四"围园劫后"。

这……简直是造谣！连老佛爷到底哪天会回颐和园都不知道的强学会诸人，怎么可能做得到事先计划"围园劫后"。

袁世凯！

谭嗣同咬牙切齿地在心中再次念出这个名字。不过，他还是立刻恢复理智，知道此时更不能乱了阵脚，一方面必须迅速通知众人，另一方面，怕是不得不再回一下玉澜堂，把事情如实跟光绪帝说来。这个时候，此等局势，只有光绪帝能保得了众人。

想定之后，谭嗣同正打算收拾好电报房，重新回玉澜堂。

正在他把所有截取下来的电报内容收到怀里之时,才发现方才那条电报还有回电。

谭嗣同拿起回电来看,其内容十分简短:知道了,宫外危险,望我侄今夜速回玉澜堂。

他的全身都在颤抖了……

谭嗣同一屁股坐在了地上,不禁顾不得被人发现,仰天长啸。

原来……

原来是这样啊!原来……我们都被蒙在鼓里……

脱力的谭嗣同知道一切都无望了,他只是想起了不久之前,那个光绪皇帝还和自己聊着什么故乡啊乡情啊之类的东西。那是一个多么单纯善良的形象,他讲着自己的故乡没有那海淀镇有趣,日后有机会一定微服去海淀镇玩个痛快。

圣上,您的故乡到底是什么样的呢?千辛万苦把您送回的玉澜堂又算得上是个什么呢?

光绪二十四年,戊戌,八月初三的凌晨,月是新月,远没有半个月后中秋的团圆之味,像把锋利的镰刀,染上了血色。

不知为何,他此时偏偏总想到自己的故乡,或许这是人之常情吧。谭嗣同无力地笑着,知道那里大概是永远回不去了。

---

梁清散,科幻作家。自2010年首次发表科幻作品以来,多次获得全球华语科幻星云奖,并入围53届日本星云赏。已出版《不动天坠山》《新新新日报馆:魔都暗影》《厨房里的海派少女》《新新日报馆:机械 崛起》《文学少女侦探》等多部作品,中短篇小说《济南的风筝》《烤肉自助星》《广寒生或许短暂的一生》皆已译介海外出版。

## 名师大语文

### 名师导读

小说以历史人物谭嗣同的视角叙述,依托"戊戌变法"这个真实的历史背景,属于架空历史类题材。小说类型类似于"蒸汽朋克",即依靠某种假设的新技术,如通过新能源、新机械、新材料、新交通工具等方式,展现一个平行于19世纪的架空世界,努力营造虚构和怀旧等特点。作者妙在对当晚的细节展开了大胆的想象,在历史的缝隙之中寻找空间,描绘一个新奇而不违反史实的新故事。读者对这段历史也比较熟悉,但却跟着作者如看纪录片一样重回当晚,将历史以另一幅熟悉又陌生的面貌出现,带着读者一起探索其间。

### 无人机

无人机在字面意义上可以理解成"无人驾驶的机器",最早在

20世纪初出现。

1914年第一次世界大战正进行得如火如荼，英国的两位将军向英国军事航空学会提出了一项建议：研制一种不用人驾驶，而用无线电操纵的小型飞机，使它能够飞到敌方某一目标区上空，自动将事先装在小飞机上的炸弹投下去。这种大胆的设想得到当时英国军事航空学会理事长戴·亨德森爵士的认可，他立刻派专人进行无人机的研制并很快得到应用。

现代意义上的无人机是利用无线电遥控设备和自动控制装置操纵的不载人飞机，后者可以由计算机完全地或间歇地自主地操作。无人机按应用领域可分为军用与民用。军用方面现有的飞机种类几乎都可以无人化。民用方面，无人机在航拍、农业、植保、观察野生动物、监控传染病、测绘、微型自拍、快递运输、灾难救援、新闻报道、电力巡检等领域得到了日益广泛的应用。

## 思维拓展

故事的结尾，谭嗣同仰天长啸，原来所有的努力都是一场徒劳。就连那个还和自己聊着乡情的皇帝，命运也不掌握在自己的手里。故乡大概是永远回不去了。这个结尾很有诗意，也发人思考——人的一生究竟怎样是有意义的？袁世凯出卖强学会诸君换得一时安稳，却也留下了世世代代的骂名。戊戌六君子一腔热血，虽然变法失败，命殒菜市口，但在很大程度上推动了清末政局的变革，成为后世人们敬仰的英雄。正应了司马迁的那句：人固有一死，或重于泰山，或轻于鸿毛。

  我们都爱读故事，尤其是历史故事，故事中的人和事，听起来总是那么遥远，但仔细想想，又和我们的生活息息相关，这样的感觉神奇又美妙。当你听到某个历史故事时，有没有好奇地想过，故事的起因是什么，经过是怎样的，深入地想下去，你也可以创造故事里的故事了。